대통령을
　　　　웃긴 여자

대통령을 웃긴 여자

초판 1쇄 인쇄 2015년 09월 22일 / **초판 1쇄** 발행 2015년 10월 1일
지은이 김태은
발행인 유준원
고문 강원국
편집 박주연
디자인 이완수
발행처 도서출판 더클
공급처 명문사
출판신고 제2014-000053호
주소 서울시 금천구 디지털로9길 47 한신아이티타워 2차 402호
전화 (02) 6213-3222 **팩스** (02) 2025-3223
전자우편 thecleceo@naver.com

©김태은 저작권자와 맺은 특약에 따라 검인을 생략합니다.
ISBN 979-11-86920-02-2

이 도서의 국립중앙도서관 출판예정도서목록(CIP)은 서지정보유통지원시스템 홈페이지(http://seoji.nl.go.kr)와 국가자료공동목록시스템(http://www.nl.go.kr/kolisnet)에서 이용하실 수 있습니다. (CIP제어번호 : CIP2015029381)

잘못된 책은 구입하신 서점에서 바꿔드립니다. 책값은 뒤표지에 있습니다.

도서출판 더클은 독자 여러분의 책에 관한 아이디어와 원고 투고를 기다리고 있습니다. 출간을 원하시는 분은 thecleceo@naver.com로 개요와 취지, 연락처 등을 보내주세요.

대통령을 웃긴 여자

- 아나운서 김태은의 에세이 -

내가 무슨 말만 하면 웃기다며 한마디씩 한다. 결론은 재미있다며 좋아한다. 내 천성이 남을 웃기기 좋아하는데 아나운서라는 직업상 곤란할 때도 있다. 그러나 10여 년 전, 대통령을 웃긴 날부터 다짐했다.

'그래! 국민의 대표도 웃겼는데 모든 국민에게 원 없이 즐거움과 웃음을 안겨주자!'

"네, 잠시만요. 뉴스는 끝났어요! 지금은 아침마당 끝나고 편집 중이라서요. 네네, 그러면 라디오 생방송 끝나고 회의니까… 아 맞다. 오후 1시부터는 녹화거든요. 녹화 끝내고 5시쯤 제가 전화 드릴게요."

남들은 불금이라는 금요일. 나는 끊임없는 스케줄로 통화 한 번 하기도 어렵다.

라디오 진행, 프로듀서, 교양 프로그램 진행, 뉴스 앵커, 특집 쇼 공

개방송, 새벽 방송 진행 등 여전히 꽉 찬 스케줄이다.

이런 스케줄로 방송국에 근무한 21년 동안 단 한 번의 지각사고도 없었다고 하면, 다들 놀란다. 나에게 방송 펑크는 곧 사표다.

여전히 무사고 방송을 원칙으로 일하는 나의 비밀은?

바로 무한 긍정과 도돌이표 긍정, 밑도 끝도 없는 긍정이다.

단정한 외모, 좋은 목소리, 정확한 발음?

그것만으로 아나운서의 매력을 가늠할 수는 없다.

언제, 어디서건 '끼'까지 더해진다면 더 큰 매력을 느낄 수 있는 게 바로 아나운서다. 나는 이런 '끼'까지 있는 '아나테이너'로 발전하기 위해 많은 노력을 했다.

시작은 계약직 아나운서로 출발했지만, 이제는 지역의 여러 분야에

서 활동하는 경력 21년 차 만능 아나운서가 되었다. 도대체 어디서 그 에너지가 나오는지 나조차 알 수 없다. 아마 발바닥에서부터 전해오는 무한 운동 엔진이 나를 움직이게 하는 게 아닐까?

시대가 달라짐에 따라 아나운서는 아나운서 이상의 역할을 하게 되었다. 때로는 한 분야의 어느 누구보다 인텔리하게, 때로는 어느 개그 패널 못지않은 유머 감각으로 무장해야 한다.

나를 알고 내 방송을 보고 듣는 시청취자들에게, 그리고 방송을 통해서 나와 인연을 맺었던 분들에게 꼭 한번은 웃을 수 있는 페이지를 만들고 싶어 이 책을 썼다.

이제 김태은의 공간에서 아주 솔직 담백하게, 그리고 유쾌하게 나만의 이야기를 하려고 한다.

젊게 살고 즐겁게 살고 싶은 분들에게, 그리고 아나운서라는 직업에

동경을 갖고 있는 분들에게까지 내 이야기가 전달된다면 좋겠다.

나는 어렵고 복잡한 것은 딱 질색이다.

독자 모두, 이 책을 덮을 때까지 편안하고 재미있는 시간이 되기를
바라본다.

개그 프로그램처럼 항상 재미있게 살고 싶은 여자, 뉴스 앵커, 각종 프로그램
진행, 작가, 리포터, 라디오 DJ, PD를 겸하고 있는 만능 아나테이너 김태은입니다.

웃으면 복이 오는데 왜 웃음을 참고 있나요? 활짝 웃어보세요. 대한민국 모든
국민을 즐겁게 하는 그날까지 탠탠, 아나운서 김태은이 신나게 웃겨보렵니다.

대통령을 웃긴 아나운서 뭘 그리 놀라나!

[목 차]

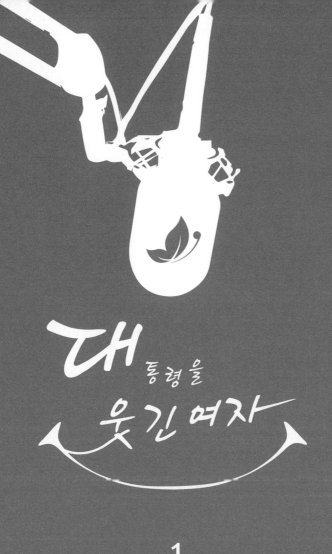

대통령을 웃긴 여자

1부 나는 나비

패밀리 패밀리

어릴 적 나의 장난감은 조금 특별했다. 또래의 다른 아이들이 인형이나 권총, 딱지, 고무줄을 가지고 놀 때 나는 줄 끊어진 마이크를 가지고 놀았다. 아버지가 방송국에 다니셨기 때문이다.

아버지는 방송국에서 꽤 잘나가는 아나운서로, 〈우량아 선발대회〉, 〈일요 응접실〉, 〈노래 따라 세월 따라〉, 〈김주자 리사이틀〉 등 지금도 기억하는 사람이 있을 정도로 유명한 프로그램 진행을 도맡으셨다.

그런 아버지가 방송국에서 한 보따리씩 챙겨 오시는 게 있었다. 그건 바로 거의 다 쓴 건전지와 줄 끊어진 마이크, 방송용 멘트가 적힌 원고지였다.

건전지는 아직 더 쓸 만 하다면서 시계용으로, 마이크는 언니와 나의 장난감으로, 원고지는 이면지로 활용하기 위해서였다.

언니와 나는 늘 이렇게 외쳤다.

"아빠 맨날 쓰레기만 가져와!"

허나 이 '쓰레기'가 지금 우리 자매를 만들어 준 큰 힘이 되었다.

우리는 줄 끊어진 마이크를 장난감 삼아 놀았기 때문에 마이크에 대한 두려움이 없었다. 마이크는 우리 자매에게 장난감이었다. 오히려 마이크를 잡고 이야기하는 일이라면 자신 있을 정도였다. 또한 일찍이 방송 원고를 접하면서, '방송에서 이런 말들이 나오는구나!' 깨닫고 알게 모르게 공부가 됐다.

거의 다 쓴 건전지조차 나에게는 배움이 되었다. 시계를 굶기지 않고 건전지를 갈아주면서 시간의 중요성과 부지런함을 배웠다. 그 덕에 방송하면서 펑크 낸 적이 한 번도 없었던 게 아닐까 싶다.

우리 가족은 다 방송인이다. 아버지는 前아나운서, 언니와 나도 아나운서다.

어떻게 보면 운명일까 싶다. 나는 어릴 적부터 방송인이 될 준비를 하고 있었다.

아버지는 언니에게만큼은 엄격한 잣대로 언어를 가르치셨다. 그야말로 아나운서의 정석 같은 언어 교육이었다. 반대로 나에게는 사투리와 유행어도 자유롭게 알려주셨다. 예능 쪽 적응이 빨랐던 기반을 이때 다지게 되었다.

나는 개그 본능과 감각까지 자연스럽게 훈련되었다. 언니에게는 신문 읽기와 사투리 금지 등의 철저한 뉴스 진행 교육을, 나에게는 오락 진행자로서의 감각을 키우도록 훈련하는 게 아버지의 방식이었던 셈이다.

나의 생활 방송의 스승은 아버지다. 방송 원고 이면지 활용을 통해 원고 읽기 훈련도 할 수 있었으며, 아버지의 공개방송 진행현장에 내가 늘 함께하며 연예인들 공연 동행 1순위였으니 어릴 적부터 현장 감각을 익히기에 좋은 상황이었다.

아버지의 퇴근시각은 곧 〈누가 누가 웃기나〉 시간이었다. 아버지가 던지는 질문에 센스 있는 말로 답하고 꼭 웃음소리를 들어야 끝이 났다.

일찌감치 그런 훈련들을 해서인지, 방송국에 들어와서는 버릇처럼 상대방을 웃겨야 한다는 생각과 한 번이라도 웃기고 만다는 강한 목적의식을 두고 일하는 아나운서가 되었다.

웃음을 줄 수 없는 뉴스 분야라도 연사의 긴장감을 풀어주기 위해 뉴스 직전까지 웃음으로 여유를 갖게 해주는 스타일이다. 모든 방송 장르에 걸쳐 나의 유머 코드는 발동한다.

우리 아이 역시 개그 DNA가 유전된 듯 9살에 이미 연예인 성대모사를 하고, 각종 창의적인 몸 개그도 만들어 낸다. 그야말로 유전의 힘이다.

또한 아버지는 나의 묵직한 조언자다. 신입 시절 방송인 자녀는 잘해야 본전이고 못하면 바보 된다는 주변의 냉혹한 조언과 여기저기 감 놔라 배 놔라 하는 모니터에 혼란스러워할 때에도, "네가 할 수 있는 대로 마음껏 해봐"라며 칭찬과 용기를 불어넣어 주셨다.

아직도 새벽 출근길, 아버지의 잘하고 오라는 응원을 받고 있다. "우리 딸은 한다, 한다!"라고 말이다.

신입 시절 밤 9시 뉴스에서 크게 실수해 결국 앵커 자리에서 내려와 울고 있을 때도 그랬다. 아버지는 당신의 실수담을 이야기하며 그나마 내 순발력으로 더 큰 사고를 막았다고, 지나간 아픈 일은 빨리 잊어야 다음 방송을 잘할 수 있다며 위로해 주셨다. 그 말이 오뚝이처럼 다시 일어날 수 있는 힘이 되었다. 나 혼자만 실수하는 것이 아니라는 것. 누구나 한 번쯤 거칠 수 있는 해프닝이라는 것이 극복할 힘을 준 것이다.

나는 이때부터 방송을 하며 나쁜 기억과 좋은 기억을 스스로 Delete & Save 하는 기능을 만들었다. 나쁜 기억의 자리에 아버지의 좋은 말을 Ctrl+c 해서 Ctrl+v로 채워 넣었다.

내가 지금까지 이렇게 달릴 수 있는 이유는 나의 고마운 방송 스승 덕분이다.

꿈을 향한 등반기

고등학교 2학년 때였다. 자꾸 발표력이 떨어지고 국어 시간 책 읽기 차례가 되면 불안 증세가 밀려왔다. 손이 차가워지고 가슴이 뛰었다.

보통 선생님들은 달력 날짜를 보면서 번호대로 책 읽기 발표를 시켰는데, 만약 그날이 6일이었다면 36번이었던 나는 1교시부터 불안해했다. 급기야 친구와 번호를 바꾸기도 할 정도였다. 지금의 내 모습을 아는 사람들은 말도 안 되는 일이라 생각할지 모르겠다. 지금의 나도 상상할 수 없는 불안 증세는 계속되었다.

사실 나는 중학교 때부터 국어 부장을 하면서 늘 책 읽기 표본이 되었고, 발표에 꽤 자신감을 갖고 있었다. 말하기에 있어서 아무런 문제가 없었다. 오히려 나서서 말하길 좋아했을 만큼 칭찬도 두루 받았던 학생이었다.

하지만 사춘기의 발표 스트레스가 나를 괴롭혔다. 더 잘해야 한다는 부담감이 있었던 것일까? 뚜렷한 원인을 알 수 없었다. 막연한 불안과 초조함이 내 입을 무겁게 잡았다. 매 발표 시간이 고역이었고, 아슬아슬하게 통과하며 안도하는 날들이 이어졌다.

고등학교 2학년 내내 발표 울렁증으로 힘들었던 시기를 보냈다. 그러다 고등학교 졸업식에서 졸업생 대표로 답사하러 강당 무대에 오르게 되었다. 떨려서 어떻게 했느냐고? 아이러니하게도 그 넓은 무대에서는 긴장감 없이 잘해냈다.

지금 생각해 보면 일종의 폐소 공포증 비슷한 게 아니었을까 짐작한다. 입사 후에도 작은 부스에서 진행하는 라디오 뉴스를 한동안 힘들어했기 때문이다. 오히려 큰 무대에서는 겁도 안 내고 신나게 할 수 있었다. 대개 사람들은 큰 무대에서 떨려 했는데, 나는 반대였다.

나도 한때는 두려움이 있었다. 작은 공간에서 힘들었던 시절이 존재했지만, 결국 극복해 냈다. 누구든 두려움이 생길 수 있다. 그리고 그 두려움을 이길 수 있다. 이것만은 분명한 사실이다.

고등학교를 졸업하고 속칭 '말 공장'으로 통하는 방송국에 들어오기 전, 많은 작가를 배출한 지방대 국문과에 90학번으로 입학했다.

오리엔테이션 때였다. 서로 입학 이유를 말하는 시간이 있었다. 어떤 친구는 문학 특기생 출신으로 작가가 되고 싶어서, 어떤 친구는 국어 선생님이 되고 싶어서, 또 어떤 친구는 양귀자, 박범신 선배를 만나고 싶어서 등 입학하게 된 이유는 제각각이었다. 하지만 다들 꿈꾸는 미래나 진로가 분명하게 존재했다.

그리고 드디어 내 차례가 되었다.

"나는 고등학교 다닐 때부터 아나운서 닮았다는 이야기를 많이 들어서 방송국에 아나운서로 꼭 들어가고 싶고, 국어국문학이 취업에 도움이 될 것 같아서…… 그런데 지방대 입학이라 그것도 좀 자신 없어졌고 만약 아나운서가 안 된다면 사회자, 그것도 안 되면 리포터…… 그것도 안 되면 DJ…… 그런데 안 된다는 건 상상하기 싫고……."

점점 처음의 당당함이 사라지고 지방대 진학에 대한 아쉬움으로 자신감이 결여된 목소리가 드러났다.

하지만 학교생활을 하는 동안 뚜렷한 목표 의식과 열정으로 위축된 심리를 날려버렸다. 어디든 어떻단 말인가. 꿈을 이루는 데에 노력 말고 필요한 것은 없으리라. 내 꿈을 들은 선배들은 나를 아나운서라고 불러주기 시작했고, 교내에서도 문과 아나운서로 통했다.

이렇게 여러 사람의 응원 속에서 내 노력은 이루어졌다. 방송인 출신 아버지의 영향을 받아 태생적인 방송인 기질 또한 분명 있었겠지만, 입사 이후 지금까지 쉬는 듯 쉬지 않고 노력을 해왔다. 이 자리를 만들고, 오기까지는 순도 100% 내 노력으로 얻은 결과다.

그렇다. 나는 노력파다. 정신적으로도 육체적으로도 노력하는 노력파다. 내가 좋아하는 이 일만큼은 끊임없는 노력으로 임하고 있다.

가끔 흐르는 시간이 아까울 정도다. 어느 노래 가사처럼 나에게 24시간은 부족하다. 그래서 매시간을 활용하려 한다. 나의 방송일지 스케줄만 보더라도 하루하루 열심히 살고 있다는 게 충분히 증명된다.

방송과 관련이 있다 싶은 건 무조건 배워서, 시간이 얼마나 걸리던 해치우고 만다. 이미지를 가꾸는 일에도 소홀히 하지 않는다. 비주얼 시대에 TV 방송을 하는 나로서는 외모 가꾸기도 일과 다름없다.

메이크업 관련 디플로마도 4개나 획득했을 정도다. 디플로마를 받고 난 후에 늘 화면에서 예뻐진다는 소리를 듣는 걸 보니 과연 학습의 효과가 있다는 걸 느낀다.

지금도 나는 모니터를 통해 고쳐나갈 게 더 없는지를 찾느라 바쁘다. 방송에 불리한 짧은 호흡을 긴 호흡으로 바꾸기 위해 밸리 댄스와 요가를 배웠고, 오락적 진행을 위해 각종 오락 프로그램을 모니터하여 유행어나 감각을 훈련하고, 쇼 공연을 위해 아이돌 그룹의 방송 댄스도 배웠다. 다른 사람과 대화할 때 스포츠 분야에 취약해 다양한 스포츠 채널을 보기까지 했다. 이런 노력이 방송을 21년 동안 쉬지 않고 할 수 있게 된 내 나름의 비결이다.

라디오 프로그램 청취자분들과의 소통도 게을리하고 싶지 않아, 정기적인 모임도 잊지 않는다. 늘 그분들과 기억에 남는 추억을 만들고 싶어서 방송계획도 새로 짜고 외부 활동도 고민하고, 24시간 중 잠자는 시간 빼고는 나 스스로의 매니저가 되어 끊임없이 나를 점검하고 움직이게 한다.

얼마나 바삐 움직였는지, 오죽하면 가까운 동생이 내게 아나운서 계의 차두리라고 했을까? 지치지 않는다고 말이다. 물론 타고난 기질도 있지만, 거기에 노력을 더하니, 방송이 내게는 가장 능숙하고 편안한 일이 되었다. 이제는 일을 넘어 일상의 호흡처럼 자연스럽게 느껴질 정도다.

방송을 시작할 때 느꼈던 출발선에서의 두근거림과 뜀박질할 때의 거친 호흡이 생생하다. 하루에도 여러 번 오르막길과 내리막길을 뛰었지만 나는 이런 방송 코스가 좋았다. 이제 나에게 방송은 여유롭게 경치 감상을 하며 주변에 인사도 건넬 수 있는 둘레 길이 되었다.

오늘도 아침 기상과 동시에 세수하면서 얼굴 UP 마사지를 하고 차에 타자마자 큰 소리로 행복합니다, 고맙습니다를 외치면서 목소리를 틔운다.

분장할 때는 음악 들으며 틈새 운동을 챙기고 오늘 들려드릴 노래를 고민한다. 그래도 뉴스는 진지하게 임한다. 그러나 끝나자마자 곧바로 오락 상태로 돌입해 청취자에게 웃음을 주는 행복한 라디오를 시작한다.

사람들과의 만남으로 좋은 아이템과 아이디어도 얻고, 연기 관련 대학원 공부를 병행하며 다시금 연기와 연출력의 중요성도 배우고, 매일 매일 노력과 공부로 채워나가고 있다.

우리 국민이 가장 많이 하는 비유법을 써 볼까?

이렇게 공부를 했으면 하버드를 갔을 텐데!

대신에 나는 이렇게 방송 일을 공부해서 내 자리를 즐겁게 유지하고 있다. 이 정도면 하버드 빰을 칠 정도 아닌가!

나 다스리기

고등학교 3학년 시절 입시 스트레스로 시달리는 친구들 사이에서는 빨간 사인펜으로 가운뎃손가락 손톱 밑에 점 두 개를 찍으면 두통이 사라진다는 미신 같은 이야기가 존재했다. 이 말이 정말 효과가 있는지는 지금도 확신할 수 없다. 두통이 사라졌다는 아이들이 더러 나오기는 했지만 이 점 덕분이었는지는 아무도 모른다.

그렇지만 누구에게는 정신적 치료제가 되었을 것이다. 나도 고등학교 때는 그 방법이 신기하게 통했던 기억이 있다.

방송 진행을 오래 했지만 어느 순간 긴장이 찾아올 때가 있다. 그럴 때는 몸을 꾹꾹 만져주면 희한할 만큼 긴장이 풀리고 편안해진다. 손을 어루만져주고 근육을 풀어주고 배도 따뜻하게 비벼주면 맥박수가 달라진다.

피로할 때 내 몸 안에 힐링 세포들과 함께 의사가 백 명쯤 있다고 상상하면 저절로 치유되는 기분이 만들어지기도 한다.

감기에 걸렸을 땐 주사를 맞는 의학 처방이 있지만, 배를 달여 마시는 민간요법도 있다. 나의 긴급 처방법은 양치 후 바로 구강청결제로 입을 헹구고 온풍 드라이기로 배와 등을 따뜻하게 쐬어 뒷덜미에 땀이 나게 하는 것이다. 몸에 냉기가 들어와 감기에 걸리는 것이니 집에 가서 좌욕을 하기도 한다.

아무래도 목소리가 생명이다 보니, 색깔별로 스카프 구비는 물론, 목도리, 폴라티 등 목을 보호하는 아이템이 집에 즐비하다. 이런 아이템으로 목 건강을 챙기는 것도 내 방법의 하나다.

건강 챙기는 일과 함께 노력하는 일이 또 있다. 나이보다 젊어 보이는 노력이다. 젊어 보이는 건 유전적 요인이 있지만, 무엇보다 중요한 건 본인의 관리다. 나 또한 나이보다 훨씬 젊어 보이는 부모님의 유전적 요인을 물려받았지만, 후천적으로 철저하게 관리했다. 유전과 노력 둘 다 물려받았다고 할 수 있다.

부모님 두 분의 공통점은 음악을 좋아하신다는 점이다. 그것도 아주 많이. 아버지는 대장암으로 12번의 항암치료를 받고 간암 판정으로 수술을 받은 전력이 있다. 하지만 지금은 완치 판정을 받았을 만큼 건강을 회복했다.

이 완치 배경에는 음악이 있다. 수술 후 치료실에서 매일 30곡 이상

가요를 부를 만큼 쉴 새 없이 노래에 빠져 사셨으니, 알게 모르게 노래가 치료제가 되었으리라 생각한다.

한때 주부 우울증에 시달리던 어머니도 온종일 음악을 들으면서 우울감을 떨쳐냈다. 지금도 늘 음악과 함께하는 생활을 하고 계신다. 신인 가수나 기존 가수들의 신곡을 듣고 나면 히트 여부를 가늠해줄 만큼 평론가 수준이 되셨을 정도다.

실제로 두 분은 70대 어르신처럼 보이지 않는다. 그 비결을 나는 음악이라고 생각한다. 나도 매일 음악을 듣고 산다. 그래서인지 나의 70대가 기대된다.

음악은 나에게 힐링이자 희망이다. 내가 뮤톡스라고 말하는 것도 이러한 이유다. 바로 음악(뮤직)과 보톡스가 합쳐진 것처럼 음악을 통해 젊은 힘을 받기 때문이다.

인간관계를 통해 나를 다스리는 비결도 있다. 나이 사십을 넘어서면서 교류가 힘이라는 생각을 한다. 고맙게도 시인들은 모임을 만들자는 제의를 자주 한다.

모임 이름도 특이하다. 넷째 주 월요일 모임이어서 '사월의 봄', 심성 테스트를 거쳐 선발된 '좋은 사람들', 다섯 명의 마음 예쁜 친구들이 모였다 해서 '오우예', 평일에는 화려한 싱글 꽃처럼 살자는 주부 모임 '평화회' 등 사람을 만나는 건 기분 좋은 일이다.

그 밖에도 5학년 8반 친구들끼리 만든, 오팔 보석같이 반짝 빛나자는 '오팔계', 뷰티와 패션에 관심 갖는 '뷰패 모임', 황금 같은 금요일에 보자는 모임 '황금보'까지. 재미있는 이름으로 다양하게 만나고 있다. 그중에서도 대표적인 것은 당연히 가요뱅크 팬 카페인 '가뱅 모임'이다!

각각 모임별로 성격이 다르고 멤버도 다르다. 추구하는 부분은 물론이고 회비까지 다르다. 우리는 함께 좋은 곳에서 비싼 음식도 먹어보고, 때로는 간단하게 비빔국수를 먹으면서 모임 시간을 즐긴다. 그들과의 시간이 즐거운 것은 평범한 공유와 소통을 할 수 있기 때문이다.

그런데 이런 모임들을 비싼 회비를 내는 모임으로 아는 분들이 더러 있다. 직업이 주는 이미지 때문일까?

아나운서는 와인 잔 기울이는 레스토랑이나 대게 몇 마리 뜯는 음식집만 찾을 것 같은가.

절대 그렇지 않다! 떡볶이도 먹고 비빔국수와 닭발, 순대, 곱창도 먹는다. 참으로 착한 회비로 마음 편히 즐기는 모임이다.

보이는 외모는 피자, 스파게티일지 몰라도, 실제로는 청국장, 뚝배기 같은 여자가 바로 나다.

내 모임 지인들과 나의 관계는 싸고! 편하고! 즐겁고! 그야말로 '쓰리 고'가 필수다.

준비하시고 쏘세요 열·정·발·사!

우리 집은 방송인 가족이다. 우리 가족처럼 직업이 방송 군에 속하는 집도 참 흔치 않다.

아버지는 아나운서 출신, 언니는 아나운서, 나 또한 아나운서다. 게다가 우리 남편은 방송기자이다. 이런 특이한 점 때문에 방송사 섭외 제안을 몇 번이나 받았다.

그러던 중 KBS 2TV <이홍렬, 박수미 여유만만> 가족 득집에 우리 가족이 나오게 되었다.

촬영 팀은 우리 가족의 동선을 함께하고, 경기도로 서울로, 홍대 앞까지 자정이 넘도록 촬영에 몰두했다. 거의 마지막 노래방 신을 촬영했을 때다.

모두 지치고 졸음이 몰려올 법한 상황이었는데, 문득 아이디어 전구가 반짝였다.

나는 평범한 건 싫다. 소심하고 수줍은 트리플 A형인 내가 가끔은 O형 기질이 나올 때가 있다. 아버지의 A형 성격과 어머니의 O형 성격이 섞여서인지 조용히 있다가도 힘이 불끈 솟는 때가 찾아오는데, 바로 무대에 섰을 때다.

우리는 다양한 종류의 가발과 반짝이 의상, 코주부 안경 등을 제작진에게 주문하고 각자 노래를 선정했다. 언니네 가족은 〈분홍 립스틱〉, 아버지는 〈꽃을 든 남자〉, 우리 가족은 〈진달래꽃〉

언니 가족은 사뿐사뿐 춤동작으로 무난하게 불렀다. 아버지가 〈꽃을 든 남자〉를 부르실 때, 나는 코믹한 코러스 걸로 변장해 분위기를 끌어올렸다. 제대로 한가족이 즐기는 모습을 보여주고 싶었기 때문에 제대로 망가져 볼 참이었다.

그리고 드디어 내 차례가 왔다. 나는 차분히, 아주 냉정할 만큼 차분하게 마야의 〈진달래꽃〉을 불렀다. 가끔 목이 메는 척 콜록대면서 말이다. 노래의 하이라이트 부분이 왔다. 그러나 정녕 이렇게 끝을 내면 나라고 할 수 없었다. 잠시 화면에서 사라진 사이 나는 재빨리 은색 가발을 뒤집어쓰고 장난감 기타를 멘 뒤, 로커로 변신했다. 현란한 헤드뱅잉과 함께 열정을 방출했다.

방송은 실로 폭발적 반응이었다. 다음 날 아침 뉴스 할 생각을 하니 쥐구멍에라도 숨고 싶은 심정이었지만, 무대에서 발산되는 나의 끼, 그 끼를 감출 수는 없었다. 그 화면은 내가 다시 봐도 놀랍다.

'열정발사'는 내가 좋아하는 말로, 3년 전 송년 공개방송 때 공연 명으로 썼을 정도다. 무대 분위기가 전환될 때마다 의상을 갈아입고 분위기를 바꿨다. 지역에서 치러진 공개방송이었던 만큼 지역의 특징을 표현해내기 위해서 스타일리스트에게 원시시대 분위기 무대의상을 제작해달라고 조를 정도였다. 그리고 전 객석에 풍선을 나눠주고 다 함께 흔들면 분위기가 더 좋아질 테니 제작하자고 제안했다.

공연을 그냥 앉아서 보기 있기, 없기? 당연히 없기!

좀 유난스러울지도 모르지만 이런 변신이 그 지역민들에게 호감으로, 친근함으로 다가갔고 출연 가수에게는 내 의상변화로 가수의 이미지를 부각해주는 효과를 주었다.

그날 마지막 공연자는 가수 인순이였는데, 공연이 끝난 뒤 따로 고맙다는 이야기를 들을 정도였다. 멋진 공연을 만들어 주고, 객석 호응을 이끌어준 것과 진행자가 가수를 대하는 태도까지, 많은 칭찬을 아끼지 않으셨다. 스스로 과찬이라는 생각을 하면서도 노력했다는 걸 알아주셔서 어찌나 고마웠는지 모른다.

가발, 액세서리, 장난감, 풍선, 의상까지 다른 사람들에게는 어떨지 모르지만, 나에게는 모두 열정발사 도구다. 내 열정의 끼를 누가 말릴 수 있으랴.

나는 매번 마음속으로 외친다.

준비하시고~ 쏘세요!

도우미 출신 아나운서

나는 당당히 말한다.

"저 도우미 출신입니다."

도우미라고 하면 뭐가 떠오르는가? 사건사고 뉴스에 등장하는 도우미라면, 아마 대부분 사람이 노래방에서 탬버린을 흔들며 리듬을 타는 도우미를 연상할 수 있다. 하지만 도우미의 사전적 정의는 이렇다.

'남에게 봉사하는 사람. 또는 어떤 일을 거들어 주기 위해 채용된 사람. 1993년 대전 엑스포에서 처음 쓴 말이다.'

1993년 엑스포 조직위원회 삼색 줄무늬 모자 도우미를 기억하는 사람은 많지 않다.

그렇다. 나는 바로 그 도우미 출신이다. 그때 나는 KBS 2TV뿐만 아니라, MBC 라디오 생방송도 참여했고 지역신문 인터뷰에도 실렸다. 일찌감치 방송인이 되기 위한 준비운동을 시작한 것이다.

이런 국가 행사 참여 경험이 큰 바탕이 되어 KBS 입사 시험을 볼 때도 자신감 있게 "경험은 소중합니다. 저는 도우미 출신 지원자입니다!"라고 말했다.

그 첫 사회 활동을 통해 많은 경험을 쌓았다. 방송하는 데 있어서나, 서비스 정신을 발휘하는 데도 큰 도움을 받았다. 나의 도우미와 아나운서 활동에는 공통된 등장인물이 있다. 바로 친언니다.

엑스포 도우미 지원 마지막 날 지원서를 챙겨주면서 꼭 도전하라 한 건 언니였다. 방송국 입사 시험을 볼 때도 역시 언니가 지원서를 들이밀었다. 내 인생에 공통 페이지를 채워주는 우리 자매 이야기를 좀 해볼까 한다.

언니는 KBS 해피 FM 2라디오 전국 주파수를 통해서 오전 5시부터 7시까지 <출발 해피 FM 김성은입니다>를 송출하고, 나는 KBS 전북권에서 오전 11시부터 12시까지 <김태은의 가요뱅크>를 진행하고 있다. 자매가 시간대도 다르고 방송 지역권도 다르지만 한 라디오 주파수에서 방송한다.

세 살 차이 나는 언니와 나는 어릴 적부터 사이가 좋았다. 나는 늘 함께 움직이며 언니가 하는 걸 따라 했고, 초등학교 밴드부 시절 맨 앞줄에 서서 악단장을 하던 언니 모습을 동경하기도 했다.

언니가 입는 옷을 같이 입고 싶었고, 언니가 가는 학교도 같이 다니고 싶었다. 아마도 사람들이 칭찬하는 언니 모습을 닮고 싶었고, 그 칭찬을 나도 받고 싶었던 것 같다.

하지만 언니와 내가 닮은꼴은 아니다. 우리 자매가 많이 다르다는 것을 느낀 일화가 있다. 1977년 할아버지 환갑잔치 때였다.

언니는 당시 잘 나가던 시내 유명 미용실에서 예쁘게 올림머리를 했고, 나는 동네 미용실에서 검정 고무줄 묶음 머리를 했다. 게다가 나는 언니에게 물려받은 색 바랜 색동 한복을 입었고, 언니는 분홍색의 새 비단 한복을 입었다.

할아버지, 할머니께 절을 하고 나니 어르신들이 한마디씩 하셨다.

"아이고 우리 성은이, 이마도 톡 튀어나오고, 코도 높고, 얼굴도 작고 인형 같다. 서양인형! 우리 태은이는… 어디 보자… 코도 크고, 입도 크고… 얼굴이 양파같이 보이는 게 딱…… (바로 말씀 없으심) 동양화 같네?"

나름 어릴 적에는 동생으로서 차별을 받고 다른 노선으로 자랐다고 생각했지만, 우린 서로의 장점대로 자랐을 뿐이다.

언니와 나는 1년 차이로 KBS에 입사했다. 같은 방송국이지만 전국권 방송과 전북권 방송이라는 차이로 방송으로 마주하는 일은 없을 것만 같았다.

그러다 함께 만나 방송하는 행운이 생겼다. 언니가 <6시 내 고향>에서 동생인 나를 불러서 연결했던 적도 있었고, 나 또한 <아침마당 전북

> 900회 특집에 언니를 패널로 앉혀두고 진행한 적이 있다. 그때의 어색함은 이루 말할 수 없다.

언니 음악 프로그램 출연 가수들은 누가 언니냐 동생이냐를 두고 내기를 벌이기도 했다. 두 사람이 자매였다는 사실을 몰랐던 사람들은 화들짝 놀란다.

우스갯소리로 내가 언니인 줄 알았다는 가수에게 이렇게 말을 한다.

"이제 앞으로 우리 프로그램에서 본인 노래는 들을 수 없을 거예요."

하하하.

너무 다른 자매지만 자신감 넘치는 행보만큼은 언제나 같다. 그 옛날 엑스포 도우미가 이제는 언니의 도우미로 동행하고 있다.

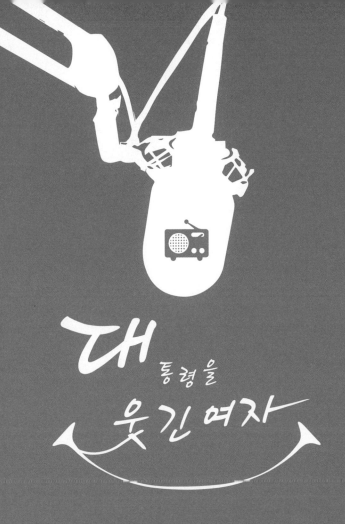

대통령을
웃긴 여자

2부 라디오 스타

라디오 스타

내가 진행하는 라디오 프로그램은 매일 오전 11시 5분에 하는 〈김태은의 가요뱅크〉다.

FM 100.7MHz에서 프로그램을 제작하고 진행한 8년, 92.9MHz로 주파수 옮겨 제작, 진행한 지 7년. 어느덧 15년이 넘었다.

〈김태은의 가요뱅크〉가 다른 프로그램과 차별화를 두는 전략은 다양한 노래 선곡과 콩트다. 선곡은 학창시절 음악을 많이 늘었던 게 큰 도움이 되었다. 콩트는 빼놓을 수 없는 라디오 코너로 매일매일 다르게 꾸며 청취자들이 지루해하지 않도록 신경 쓴다. 이따금 노래자랑도 하고 내가 만든 퀴즈도 한다. 다양한 코너만큼이나 다양한 상품에 애청자들은 행복해한다.

라디오는 지루해서는 안 된다. 오로지 귀로만 듣기 때문에 청각이 마치 오감인 것처럼, 듣는 동안에는 전신을 행복하게 만들어 주어야 한다. 그렇기에 나는 누구보다도 사랑한다는 말을 남발하는 여자이기도 하다.

라디오를 진행하면서 잊지 못할 순간이 있다.

공개방송에서 가수가 늦어 내가 대신 노래를 불렀던 일이 있다. 후배 김기만 아나운서와 함께 진행했던 춘향제 전야 행사에서 그것도 비오는 밤, 드레스를 입고 록그룹의 노래를 불렀다.

"제가 지금 드레스를 입고 노래를요? 아휴, 어떻게 해요. 말도 안돼요" 하면서도 속으로는 '어둡고 탁한 나의 창의 비 내리는 밤에… 그다음이 뭐더라?'라며 노래 가사를 더듬고 있었다. 드레스 자락을 올리고 무대에 서서 노래했던 나의 대범함이란!

서울이 아닌 지방 라디오 DJ라 겪었던 애환도 있다. 가수 섭외가 어려울 때는 난감하다. 대형가수를 만날 기회가 적다는 불만을 살짝 토로해 본다. 게다가 아나운서다 보니 그다지 재미있지 않을 거라 생각하는 선입견과도 싸워야 할 때가 종종 있다.

반면에 지방 라디오 DJ라서 느낄 수 있는 보람이라면 방송을 통해 그 지역민과 소통할 수 있는 편안한 말투로 "우리는 한가족이에요!"라고 외칠 수 있다는 점이다. 그 말에 우리 청취자들이 실시간으로 맞장구 쳐주는 따뜻한 정이 있다.

특집 공개방송 구성을 위해 바다로 산으로 멀리 가야 할 때가 있다. 서울에서는 멀리 가야 할 테지만, 나는 우리 지역 내 가까운 거리에 있는 바다와 산으로 가서 방송할 수 있으니 이 또한 참으로 좋은 조건이다.

30분 나가면 바다 특집을 기획할 수 있고, 30분 더 나가면 들녘 특집을 기획할 수 있다. 1시간만 가면 겨울 스키 특집을 할 수 있으니, 제작 여건상 이만한 '전략적 요충지'가 또 어디 있을까. 짧은 동선으로 다양한 사람을 만나면서 방송할 수 있다는 점이 더없이 좋다.

게다가 뉴스 할 때는 알아보기만 할 뿐이지만, 라디오 방송을 할 때는 "어? 많이 들어본 목소리네. 혹시 태은 씨? 와, 반가워요. 내가 노래 신청하면 꼭 틀어줘요"라며 목소리로 알아보신다. 반갑다며 안아주고 반겨주는 애청자들을 만나게 되면, 나 또한 기분이 좋아진다.

이렇게 따뜻한 방송이 바로 라디오다.

청취 시각에 날아오는 '여기는 김제 떡집입니다. 쫀득한 떡 맛보러 오세요!', '부안의 낚시꾼입니다. 고기 잡아 줄게요.', '삼례 딸기, 장수 사과 먹으러 오세요.' 이런 문자도 여과하지 않는 게 바로 우리 지역 라디오다.

친인척들 선물을 사야 할 때 청취자 물건을 팔아드릴 때도 있다.

청취권이 넓은 만큼 다양한 정을 흠뻑 느끼면서, 여러 지역 사람들도 만날 수 있고, 살아있는 이야기를 할 수 있다는 점도 으뜸이다. 그분들에게서 '지방에 저런 아나운서가 있구나!'라는 칭찬을 들을 때가 제일 감개무량하다.

나는 방송에 사연 소개가 안 된 분들에게 미리 저장된 답글 문자가 아니라 음악이 나가는 동안 직접 답글 문자를 써서 보낸다. 그러면서 모니터를 통해 눈으로 인사를 나누기도 한다. 빠르게 #2929 문자를 통해 의견 교환을 할 수 있다는 것도 좋다.

모든 소통이 가능한 이곳이 바로 〈김태은의 가요뱅크〉다.

이 정도면 이름을 〈만물뱅크〉라 고쳐볼까 하고, 잠깐씩 고민하게 된다.

첫 곡이 하루를 좌우한다

어릴 적 내 기억 속 할아버지는 군수용품 같은 낡은 라디오를 들고 가마솥에 담긴 막걸리를 한 바가지 시원하게 들이키며 하루를 시작하셨다. 아버지 또한 늘 손바닥만 한 라디오를 켜 아침 종합뉴스 시그널 소리와 함께 하루를 시작하셨다. 라디오는 아침을 깨워주는 것이라 알고 자라온 나 역시, 라디오 스위치를 ON 하는 것으로 아침을 연다. 삼대째 이어온 라디오 사랑이니 운명이라 말할 수밖에 없다.

아침 출근길 고정 주파수에서 흘러나오는 첫 노래가 나의 하루를 열고 하루의 분위기를 좌우한다.

눈뜨면 첫 생각이 중요하고, 영업하는 사람에게 첫 고객이 중요하듯이, 첫 마디, 첫 문자, 첫 생각처럼, 아침의 첫 음악이 중요하다. 아침에 듣는 첫 곡은 머릿속에 새겨진다. 이때 들은 첫 노래를 온종일 흥얼거리게 된다.

어느 날 우연히 들었던 첫 곡이 종일 머리에 맴돌아 힘들었던 때가 있었다. 그 곡은 소명의 〈빠이빠이야〉였다. 하루를 시작해야 할 아침에 빠이, 빠이가 맴돌았으니 이미 하루가 다 끝난 것처럼 느껴지기도 했다.

그러다 보니 라디오 방송을 할 때 누군가의 기분을 좌우하는 첫 곡 선정이 가장 신경 쓰인다. 나는 청취자들과 실시간 소통이 가능한 만큼, 청취자의 반응을 최우선으로 둔다. 벌써 라디오 DJ 15년 차지만 이것만은 매회 나를 긴장하게 만드는 부분이기도 하다.

그럼 여기서 라디오 청취자와 관련된 간단한 문제!

어떤 날에 청취자 문자 참여가 많을까?

청취자 선물이 좋을 때? 퀴즈가 있는 날?

모두 아니다.

비나 눈이 내리는 날이다. 날씨에 따라 문자 참여 수가 좌우된다 해도 과언이 아니다.

비 내리는 날에는 듣고 싶은 노래 요청이 많다. 나와 선곡이 통하는지 텔레파시 게임을 하자고 하면 역시나 많은 문자가 도착한다. 이런 애청자들에게 공통점을 발견할 수 있다. 그들이 비 오는 날 듣고 싶어 하는 노래는 스테디셀러라는 것이다.

〈비와 당신〉, 〈사랑은 봄비처럼 이별은 겨울비처럼〉, 〈비 오는 날의 수채화〉, 〈비와 외로움〉, 〈봄비〉, 〈겨울비〉, 〈사랑비〉, 〈그댄 봄비를 무척 좋아하나요〉, 〈가을비 우산 속에〉, 〈유리창엔 비〉, 〈우산〉

많은 문자가 오지만 헤아릴 수 있을 정도로 딱 비 오는 날씨의 곡이다.

눈이 내리는 날도 마찬가지다. 눈 하면 생각나는 노래로 텔레파시 게임을 하자고 하면 역시나 어김없다.

〈눈이 내리네〉, 〈하얀 겨울〉, 〈사랑 눈〉, 〈첫눈이 온다구요〉, 〈white love〉, 〈겨울 바다〉,〈눈의 꽃〉, 〈겨울 이야기〉, 〈겨울아이〉

이 글을 읽고 있는 분들도 글에 나와 있는 이 노래들이 반 이상 생각났다면 텔레파시가 통한 거다. 우호설호(雨好雪好)이다. 물론 저 말이 사자성어는 아니지만, 비 내리고 눈 내리면 틀림없다. 바깥 풍경에 집중하다 보면 모두 같은 생각을 하고 있다는 것을 알게 된다.

라디오 뉴스

뉴스에서 가장 중요한 것은 전달력이다. TV 뉴스는 오디오와 비디오가 적절히 분배되어 시각, 청각 분산에 효과가 있다. 하지만 라디오 뉴스는 오로지 소리로만 사실을 전달해야 한다.

라디오 뉴스에도 기쁘게 전하고 싶은 소식이 있다. 그럴 때는 미소를 띠고 읽으면 밝은 느낌의 소리내기가 가능하다. 고발성 뉴스는 톤을 살짝 높여 한숨에 스피드를 내어 읽으면 긴박함을 준다.

단 본사 뉴스 후에 연결되는 지역뉴스 진행자의 경우 본사 뉴스 진행자의 호흡도 느끼고, 어느 정도 톤과 속도를 맞춰주는 눈치도 있어야 한다.

가끔 문장을 길게 한 번에 읽어야 하는 기사가 온다. 그럴 때는 흐름이 끊기지 않게 배에 힘을 주고 복식호흡을 이용해서 쭉 뽑아주는 맛을 내야 한다. 굵직하게 나오는 정확한 음성이 주는 쾌감이란 말로 표현할 수가 없다.

2년 전 나름의 뉴스 진행 원칙으로 열심히 읽어 내려가고 있었는데, 갑자기 종이를 넘기지 못하는 사태가 발생했다. 이게 왜 이러나 싶으면서 순간의 긴장감이 등골을 타고 정수리까지 엄습했다.

뭔가에 달라붙어 있는 느낌이 들어 손으로는 도저히 넘기지 못하는 상황이 되어, 어쩔 수 없이 아밀라아제를 출동시켰다.

쩝, 하는 소리와 함께 엄지에 침을 묻혔다.

그런데,

'어라 안 넘어가네? 다시 한 번……'

쩝쩝.

겨우 뉴스 기사 원고를 넘길 수 있었다. 녹음이었다면 편집으로 깔끔하게 만들었을 텐데, '쩝' 소리가 남고 말았다. 입맛 다시는 쩝쩝 라디오 뉴스가 된 순간이었다.

바꿔 바꿔 오타 문자

가요 제목에는 영어 제목이 꽤 있다. 아이돌 가수들의 최신곡도 그렇고, 웬만한 가수들의 음반에도 한두 곡은 영어로 제목이 섞여 있다. 우리 생활에 외국어가 자연스럽게 스며든 증거이다.

한글날만큼은 영어 제목을 우리말 제목으로 바꿔 방송해야겠다고 기획했다.

신승훈의 〈I believe〉는 '나는 믿습니다'로, 컬투 삼총사의 〈Dancing love〉는 '춤 사랑', 두리안의 〈I'm still loving you〉는 '나는 여전히 당신을 사랑해요'라는 식으로 바꿔 말했다.

평소에는 영어 제목을 우리말로 바꿔서 소개한 적이 없었는데, 한글날이니 한글에 대한 의미를 살리자는 취지였다.

꽤 재미있게 진행하던 방송 끝 무렵 청취자의 문자 사연이 올라왔다.

"이 노래 제목도 바꿔주세요! 이효리의 〈Strong man〉 이건 어떻게 바꿀 수 있을까요???"

'스트롱 맨'을 보는 순간 온갖 단어가 머릿속에 떠올랐다. 으으음. 직역을 할까, 의역을 할까? 그러나 오만가지 단어가 떠오르는 와중에도 마땅한 것을 찾기가 어려웠다. 강한 남자? 힘센 남자? 아니면 튼튼한 남자?

"남자에게 참 좋은 말로 바꿀 수 있겠네요"라고 멘트를 하는데 다시 올라오는 문자.

"태은 씨 그냥 이렇게 하죠, '쎈놈'으로……."

헉! 순간 그 말을 그대로 입에 담을 뻔했다. 하지만 그 말은 방송으로 하기에 참 거시기(?)하다. 당황스러워지면서 순간 그 단어로 19금이 된 것 같은 쎄~한 느낌이 들었다고나 할까?

결국 '강한 남자'로 바꿔서 방송했다.

생방송 중 오는 문자는 이런저런 사연이 많지만 시간상 다 소개 하지 못할 때가 더러 있다. 앞서 말했듯 간혹 음악 나가는 동안 친절하게 구구절절 답글 문자를 보내는데 이때 여기저기에서 온 문자들에

바뀐 답글 문자를 보내는 실수를 할 때도 있다.

이런 문자들이 왔다.

1. 아이 아빠의 생일 축하해주세요.

2. 아들이 시험 보거든요. 시험 잘 보라고 외쳐주세요.

3. 어머니가 병실에 누워만 계세요.

4. 비닐하우스에서 방송 듣고 있어요. 신나는 노래 부탁해요.

이 문자들에 대한 답이 정신없이 뒤섞인다.

1. 아이 아빠의 생일 축하해주세요.

답 : 저런 어떡하죠. 제가 기도할게요!

2. 아들이 시험 보거든요. 시험 잘 보라고 외쳐주세요.

답 : 으음, 신나는 트로트 듣고 쉬세요.

3. 어머니가 병실에 누워만 계세요.

답 : 축하, 축하요.

4. 비닐하우스에서 방송 듣고 있어요. 신나는 노래 부탁해요.

답 : 쉿! 조용! 우선 집중하게 해주세요.

이런 경우도 있었다.

청취자 : 오늘 우리 농사에 쓸라고 쇠스랑을 준비해서~
태은 : 어머나 쇠고랑을 준비하셨어요?
청취자 : 태은 씨 농사 안 지어봤죠? 쇠스랑이에요. 하하하.

청취자 : 와우 오늘 노래 정말 좋아요. 선곡 짱!
태은 : 와우 정말요? 오늘 저랑 토하심! (통하심이겠지……)

라디오 방송 중에 오는 문자는 실로 다양하다. 청취자들은 아주 생생하게 본인이 있는 그 시각의 상황을 비춰준다.

농사일을 잠시 멈추고 신나는 노래 듣고 싶다며 〈고추〉부터 사장님 몰래 보낸다며 신청하는 〈몰래한 사랑〉까지. 꽈배기를 튀기다 말고, 혹은 빵 구워지는 동안, 수선 일을 잠시 멈추며 등등 사연 바구니는 각계각층의 청취자 사연으로 참으로 정겹고 따뜻하다.

운전 중에 잠시 도시락을 까먹으며 반찬 사진 보내주시는 분들 사연을 보면 내가 참 그분들에게 편한가 보다 싶으면서, 그런 편안함을 준다는 게 그리 뿌듯할 수가 없다.

각자 잠시 일을 멈추고 또는 일하면서 보내는 상황이다 보니 가끔 오타가 섞인 문자도 온다.

항목을 달리해 → **항문을 달리해**

일부러 그러는지 혹은 진짜 상황인지(?) 모르겠지만 알아듣는 데에는 문제없다.

이 정도면 귀여운 오타에 속한다.

압권은 이 문자였다.

"젖주역 앞인데요, 어제 시발통문 행사하고 왔는데, 백지영의 사탕 안해를 듣고 싶어요."

전주역, 사발통문, 사랑 안 해를 저런 대형 오타로 보내준 경우다.

라디오 중계차에서

설 명절 특집으로 라디오 중계차를 탔을 때였다.

귀성차량 스케치 및 귀성객들 인터뷰를 위해서였는데, 그날 방송은 각 지역의 통신원이 교통 상황을 전하고 마지막으로 내가 전주의 교통 상황을 전하는 순서였다.

그런데 날씨도 춥고 너무 이른 시각이어서 그랬는지 세상에나 만상에나 차량 소통이 뜸했다. 전주뿐만 아니라 다른 지역 교통상황도 마찬가지였다. 통신원들을 연결해도 1분을 채 안 채우고 마무리되었다.

"네, 이곳은 아직 한가한 모습입니다. 지금까지 정읍에서 ○○○가 전했습니다."

"아, 네. 이곳도 이른 시각 때문인지 막히는 곳 없이 좋습니다. 지금까지 군산에서 ○○○였습니다."

점점 불안해졌다. 처음 나에게 주어진 시간은 6분이었다. 그러나 지역 통신원들의 교통 소통이 원활하다는 일률적이고, 속 시원한 답변이 이어지면서 내게 주어진 시간이 점점 늘어났다.

심지어 내가 서 있는 곳도 교통 상황이 한산한 건 마찬가지였는데 말이다. 드디어 최종적으로 시간이 결정되었다. 총 12분. 처음 정해진 시간의 2배로 늘어난 것이다.

정말 울고 싶었다. 이 일을 어쩜 좋단 말인가! 대체 무엇을 하면서 이 길고 긴 시간을 채워야 하는지 묘수가 떠오르지 않았다.

게다가 이 추운 날, 밖에서 할 수 있는 건 한정되어 있었다. 마땅한 애드리브가 떠오른다 한들 내 입이 따라줄지가 문제였다.

그래도 해보는 수밖에 방법이 없었다. 방송인은 호랑이 굴에 들어가도 정신만 차리면 된다는 격언이 떠올랐다.

그 짧은 시간! 내 나름대로 시간을 끌어갈 방법을 짜냈다. 한가한 톨게이트 상황에서 나올 수 있는 인터뷰 내용은 뻔했기 때문이다.

"어디서 오셨나요?", "얼마나 걸렸죠?", "네, 빨리 오셨군요.", "고향에 잘 가시구요, 고향에 계신 분들에게 한 말씀 부탁드립니다."

넉넉해진 시간을 채우기 위해 나는 귀성객들을 붙잡고 즉석 고향 퀴즈쇼를 펼쳤다. 그때는 나름대로 시간을 때우는 최상의 선택이었다.

당시 상황은 1996년 사용하던 내 방송노트에 상세히 메모 되어있다.

혹 메모가 부족하더라도 걱정 없다. 그때의 난감함을 나는 지금까지 생생하게 기억하고 있으니 말이다.

메모의 일부분이다.

> (전주 인터체인지 중계차 편)
>
> 고생 많이 했음…… 무슨 정신으로 했는지 모름.
>
> 혼날 줄 알았는데 칭찬받았음. 하하.
>
> 다음에 이렇게 간 떨리는 방송은 경험하고 싶지 않음.
>
> But 오늘은 좋은 경험.

그러나 실상은 조금 더 치열하고 전투적이었다. 저 메모에 추위와 당혹감은 담겨있지 않다.

출발은 산뜻했다. 속은 전쟁이었어도 그것을 겉으로 표현하는 건 금물이다.

"네, 저는 전주 IC에 나와 있습니다. 기쁨과 설렘을 가득 안고 고향 길로 출발하셨나요? 놓고 온건 없으시죠. 네, 지금 출발하셔도 좋겠네요! 다행히 이곳은 한산한 모습이거든요. 자, 이제 막 도착하신 (사실은 방송 3분 전에 미리 섭외함) 4라 ****차량! 이 번호 기억하십니까? 수배 차량 번호가 아니고요. 고향길 찾아 서울에서 오신 분의 차량번호입니다. 고향 가족들 반가워하시겠네요!"

지금까지도 이 멘트를 기억하는 스스로에게 대견함을 느끼면서도 오죽 당황했으면 이렇게 사무쳤을까 하는 측은지심도 발동한다.

"자, 이분들 오래간만에 고향을 찾아주셨는데요. 그동안 얼마나 고향을 잊지 않고 기억하고 있는지 고향 퀴즈를 내겠습니다. 문제 나갑니다!"

다음 우리 고장에 관한 답변 중 틀린 것은 무엇일까요?
1. 전라북도를 상징하는 새는 까치이다.
2. 전라북도를 상징하는 꽃은 백일홍이다.
3. 전라북도를 상징하는 나무는 은행나무이다.
4. 전라북도의 수장 도지사는 유동근이다.

"네, 그렇죠! 정답 4번이었습니다!"

(탤런트는 유동근, 그 당시 전북 도지사는 유종근)

이런 식의 문제를 내다보니 주어진 시간을 여유롭게 채울 수 있었다. 어느 순간부터는 문제를 출제하면서 신이 났다. 그리고 이 마음이 또렷하게 전해졌던 것인지 이날 방송은 호평이었다.

이런 중계 에피소드는 계절을 가리지 않는다. 봄, 여름, 가을을 가리지 않고 돌발 상황은 일어난다.

지역마다 약간의 차이가 있지만, 봄이 되면 벚꽃 잔치가 한창이다.

벚꽃 하면 생각나는 중계차 사건이 있다.

전주, 군산 벚꽃이 유명했던 십여 년 전 그때, 라디오 프로그램으로 선정된 봄꽃 맞이 생방송 중계차 연결을 위해 방송 한 시간 전 목천교로 향했다.

방송 분량 2회 연결을 포함 총 13분 동안 축제 준비를 하는 사람들 만나고 벚꽃개화 상황을 알리는 일이 당시 내가 맡은 임무였다.

전주-백구-익산-군산으로 이어지는 벚꽃 백릿길, 상인 인터뷰와 꽃구경 관광객 인터뷰, 현장 스케치 등등 구성안을 짜놓고 현장에 도착했다.

그러나 인생은 예상대로 흘러가지 않는 법. '반드시'라고 해도 좋을 만큼, 엇나가기 일쑤다.

벚꽃이 아직 피지 않았다는 커다란 난관이 가로막고 있었다. 게다가 축제 준비 상인들마저 부스 자리만 정하고 준비도 못 하고 있는 상황.

"아니 이게 무슨 일이죠? 왜…… 꽃이……."

"이번에는 날씨 탓인지 꽃이 안 피었네요. 다른 해 같으면 한창 만발할 시기인데, 올해는 영 이상해요!"

"네? 아…… 큰일이네. 여보세요? 중계차입니다! 벚꽃이 안 피었어요! 올해는 늦게 피는 듯싶다는데요. 관계자들과 전화통화는 해보셨죠? 네? 일주일 전요? 그때는 지금 폈을 거라 예측했는지 몰라도 현장 와보니 백구 쪽도 안 폈구요…… 군산 가는 길 쪽은 더더욱 안 폈어요. 네? 철수하지 말고 현장 진행을요? 꽃도 없고 관광객도 없는데요? 13분요? 오 마이 갓!"

전체 방송 시간 중 야외 중계차 연결시간을 길게 배정해 놓아서, 다른 아이템으로 교체할 수도 없다는 스튜디오 상황이 우리를 더 난감하게 만들었다.

얼마 남지 않은 시간 동안 구성을 모조리 바꿔야 하니 도망치고 싶은 마음이 드는 건 당연했다. 하지만 어떻게든 이 방송을 완수하기 위해 그때부터 현장에 있는 사람을 이 잡듯 물색하고 나섰다.

그러다 레이더에 포착된 인물이 있었다. 검문소 경찰관 2명과 상인 7, 8명, 우리 중계차 제작진 엔지니어 감독 2명, 기사 1명 그리고 나였다.

무슨 수를 써서라도 이 사람들과 방송시간 13분을 꼭 채우리라 마음을 불태웠다.

주변에서 마치 미션 임파서블 주제음악이라도 들리는 것 같았다. 머리 회로가 빛의 속도로 움직이며 이런저런 시나리오를 만들었다.

결국 이렇게 구성하기로 결정을 내렸다.

〈벚꽃 준비 상인들과 함께하는 노래자랑〉

원래 계획은 교양 프로그램이었지만 급한 대로 오락 프로그램으로 급히 우회하여 벚꽃 맞이 행사를 준비하는 상인을 노래자랑 참가자로 만든 것이다. 무작위로 참가 번호를 주면서 줄까지 세우고 나니 어딘지 모르게 그럴싸하게 보이는 것이, 활로가 보이는 것 같았다.

주전자 뚜껑, 냄비 뚜껑이 딩동댕 소리를 대신하며, 상인들과 관광객들의 안전을 책임지는 경찰관을 노래 심사위원으로 발족했다.

　딩동댕! 땡!

　우리 제작진들이 박수 군단으로 동원되고 마침내 우리는 그렇게 13분 생방송을 해냈다.

　"네, 저는 지금 익산 목천교에 나와 있습니다. 변덕스러운 날씨 탓에 벚꽃은 아직 피지 않았지만, 이미 얼굴과 마음은 벚꽃처럼 만개했습니다. 축제 준비하는 사람들과 오늘 이곳에서 노래자랑 시간으로 함께합니다. 라디오를 듣고 계신 여러분도 심사해주세요."

　미션 임파서블? NO! 미션 파서블!

무엇이든 물어보세유

"그러니께 우리 뻘이 겁나 널룹고……"

KBS 전주 라디오 〈생활 상담실〉은 사투리 쓰는 청취자들 덕분에 마음 놓고 웃을 수 있는 프로그램이다. 장수 프로그램이기도 한 〈생활 상담실〉을 진행할 때였다.

그날은 전문의와 함께 치과 상담을 하고 있었다. 이 프로그램은 청취자와 전화를 연결해서 상담을 해주는데 그날따라 전화 참여가 뜸했다. 그래서 연사와 의학상식에 대해 이야기를 하고 있는 중이었다, 사인이 들어왔다! 전화연결이 된 것이다.

나는 기쁘게 인사를 건넸다.

"네. 전화연결 되었습니다. 말씀하세요."

곧 건너편에서 느릿한 반응이 들렸다.

"어, 흠, 여보~~시유? 상담소지유?"

"아, 네에."

처음부터 웃음이 터졌다. 높은음의 목소리가 강력한 느긋함과 함께 스튜디오를 태평하게 만들었다.

"있잖유, 입에서 말이유…… 냄새가 나는 디 말이유 이거 쓰것씨유? 못 쓰것씨유?"

이게 웬일, 정통 충청도 토박이 아저씨의 실감 나는 사투리 상담이 아닌가! 으레 전라도 사투리만 들어왔던 우리에게는 신선한 충격과 동시에 배꼽 빠질 만한 충격 그 자체였다.

게다가 우리도 우리지만 바깥에 있는 PD와 엔지니어도 웃느라 정신이 없었다.

그런데 상담을 해야 하는 나와 의사 선생님이 키득키득 웃느라 약간의 블랭크(blank)가 났다. 몇 초간 말을 못 한 것이다. 그래도 거기까지는 양반이었다.

우리가 몇 초간 답변이 없자, 충청도 아저씨의 또 한 번의 질문이 우리를 완전 포복절도하게 만들었다.

"참나…… 여보슈… 여보시유?…… 거기 안 계시유?…… 이런 건 말도 안 해주남~유? 왜 웃으시유……"

(거의 기절)

"못 쓰것시유?…… 그면 여기 만리포인디유!…… 전화 끊을께유…… 안녕히 계시유…"

그때는 왜 그랬는지 모르지만 순간 '만리포'라는 지명을 들으니 괜히 이 노래, '똑딱선 기적 소리 젊은 꿈을 싣고서!'가 연상 되면서 또 자지러질 수밖에 없었다.

상담도 제대로 받지 못했으면서도 끝까지 예의를 지키며 아쉬워했던 느린 말투의 만리포 아저씨!

그로 인하여 방송 진행이 미끄러지고 12초간 나와 의사 선생님의 키득키득 소리만 들렸는데, 12초…… 정말 어마어마한 시간이다.

어쨌든 고비를 넘긴 우리는 그다음부터 그 충청도 아저씨의 상담전화가 또 걸려 올까 봐 바짝 긴장했다.

왜냐? 방송 사고 낼 까봐유~

이 웨딩 케이크는 실수입니다

"자 이번 프로그램 개편 때는 가요 프로그램을 김태은 씨가 해 줘야 할 것 같은데, 프로그램 이름을 뭐라 하면 좋을까요? 정해보세요."

KBS 라디오에서 가요 프로그램을?

당시 시민들은 전주 KBS FM에서 음악은 클래식만 하는 거로 알고 있을 때였다. 이 클래식 프로그램은 마니아들만 청취하고 있어서, 방송국에서는 다양한 청취자층 확보가 필요했다. 그러다 보니 내부에서는 가요 프로그램 발족에 대해 고무적인 분위기였다.

진행자로 발탁된 나도 예외일 수는 없었다. 어떻게 하면 확 느낌이 오는 방송을 만들 수 있을까? 그때부터 나의 고민이 시작되었다.

1시간 동안, 그것도 샌드위치 속 햄이 된 것처럼 앞뒤로 클래식 프로그램에 끼여서 과연 어떻게 프로그램을 만들어야 할지 걱정과 걱정, 또 걱정한 탓에 두통까지 찾아왔다.

제목에 대한 고민도 많이 했다. 뭔가 기획하고 만들어 본 분들은 알겠지만, 내용과 구성만큼이나 프로그램 이름이 중요했다. 그래서 프로그램 이름을 정하는 데 더 많은 시간을 고민하게 됐다.

간판이 좋아야 지나가는 청취자들을 잡을 것이 아닌가.

그러나 진행표를 짜고 요일별 코너를 만들고 음악 고르기까지 마쳤는데 정작 프로그램 이름이 생각나지 않아 6박 7일간을 고민에 잠겼다.

그때 머리를 스치듯 지나가던 그 이름.

〈김태은의 가요뱅크 100.7〉

바로 이것이었다. 이 정도면 주파수 이미지도 살리고 가요 프로 인식도 시킬 수 있겠다 싶어 단박에 결정을 내렸다. 이걸 생각해낸 뒤에는 편두통 증세가 싹 사라졌다. 창작에 대한 산고의 진통이 어렵다는 것을 이때 알았다.

그렇게 1998년 10월 12일 월요일, 떨리는 첫 방송이 시작되었다. 귀는 소머즈처럼 바짝 세우고, 자리 이동과 변신은 원더우먼 저리 가라 할 만큼 바빴다. LP판과 CD로 음악을 틀던 시절이라서 턴테이블 바늘에 붙은 먼지는 입으로 불고 물 묻혀서 마른 수건으로 몇 번을 닦았다. 턴테이블 바늘이 다음 곡을 걸치지 않도록 판 선에 맞춰 내려놓는 일도 나의 몫이었다.

대부분의 청취자들은 TV보다 라디오 첫 방송이 더 떨린다는 것을 아마 모를 것이다.

힘찬 시그널 음악과 함께 오프닝 멘트를 기운차게 한 다음 음악 밀고, 와~! 승승장구인 듯했다. 음성도 들뜨고 아주 신나게 진행했다. 거기까지는 좋았다. 그러나 진행 중간쯤 나의 실수가 터졌다.

"김태은의 가요뱅크 100.7 함께 하고 계십니다. 지금 시각이 11시 26분이네요. 오늘은 저희에게 기념될 만한 날입니다. 가요뱅크 첫날이니까요. 여러분에게 있어 기념될 만한 좋은 날은 무엇이 있을까요? 바로 떠오르는 하나가 있네요, 결혼기념일! 자, 혹 오늘 날짜 10월 12일이 결혼기념일인 분들 진심으로 축하드리면서 이 노래를 축하곡으로 띄웁니다."

그리고 문제의 그 발언을 하고 말았다!

"자 트윈 폴리오입니다. 웨딩 케이크."

다음 상황은 불 보듯 뻔했다. 뒤늦게 경악과 놀라움과 민망함으로 몸 둘 바를 몰랐다.

그 노래 가사 들어는 보셨나요?

"이 밤이 지나가면 나는 가네, 원치 않는 사람에게로
눈물을 흘리면서 나는 가네, 그대 아닌 사람에게로
남겨진 웨딩 케이크만 바라보며 하염없이 눈물 흘리네……."

하마터면 첫 방송이 마지막 방송이 될 뻔했다. 그때 당시 방송 테이프는 나의 타임캡슐용 소장품으로 보관되고 있다. 이것이 요즘 말로 나의 최초의 흑역사인 셈이다.

다시 한 번 말하지만, 이 웨딩 케이크는 실수입니다.

그 노래에 관하여

2014년 4월 16일.

속보로 인해 갑작스럽게 선곡 체계를 바꿔야 했다.

4월 16일 수요일 퀴즈 중 '11시 30분경 학생 전원 구조'라는 속보
가 뉴스와 인터넷상에서 깜박거렸다.

"와, 다행이다, 천만다행이다. 우리 학생들 전원 구조되었대요! 다행
이네요. 비의 ⟨La song⟩을 틀어드립니다" 하고 그대로 구성을 이어갔
는데 방송을 끝내고 나오는 11시 57분. 분위기는 반대로 흘러갔다.

생각과는 반대로 상황이 좋지 않았다. 다음날부터 구성을 바꾸고
노래 선곡 분위기도 바꾸면서 방송 생활 21년 만에 처음으로 눈물을
흘리면서 방송을 힘겹게 이어갔다.

진도 세월호 침몰사고 소식을 접한 뒤 내보낼 노래는 신중하게 선
곡했다.

이날은 슬픈 노래뿐만 아니라 위로의 의미가 있는 많은 노래가 전파를 탔다.

리아의 〈눈물〉, 김란영의 〈가인〉, 쥬니퍼의 〈하늘 끝에서 흘린 눈물〉, 테이의 〈사랑은 향기를 남기고〉, MC 스나이퍼의 〈글루미 선데이〉, 허각의 〈언제나〉, 컬투의 〈사랑한다 사랑해〉, 스카이의 〈영원〉, 김수철의 〈못다 핀 꽃 한 송이〉 등 아마 나의 방송을 통틀어 가장 슬펐던 날이 아니었을까 싶다.

가요뱅크에서 선곡되는 노래와 가수는 다양하다. 우리 프로그램 청취자의 평균 연령층은 30대 이상에 직업은 기사, 농부, 공장 근로자, 세탁 기술인, 음식점이나 세차장을 운영하는 자영업자, 편의점 아르바이트생 등 각양각색이다. 그러다 보니 나 또한 다양하게 선곡하는 센스가 필요했고, 장르 구분 없이 좋은 노래를 선별하려 노력했다.

콩트를 통해 성인가요를 재미나게 꾸미고, 최신곡과 명곡을 적절하게 배치하고 있다.

〈김동규의 음악 이야기〉는 비틀스부터 베토벤이라는 B TO B를 표방했지만, 〈김태은의 가요뱅크〉는 배일호부터 비스트까지라는 B TO B로 수많은 연령대를 아우르기 위해 노력한다.

연령에 따라 선호하는 음악은 뚜렷하지만, 계절 베스트셀러를 이길 수는 없다. 10월 마지막 날이면 하루에 100번 넘게 방송을 타는 노래가 바로 이용의 〈잊혀진 계절〉이다. 이 노래는 작사가 박건호의 실제

이별 이야기를 토대로 만들어졌는데, 원래 가사는 '9월의 마지막 밤'
이었지만 앨범 발매가 10월로 늦춰지는 바람에 '10월의 마지막 밤'으
로 바뀌었다고 한다.

젊은 사람들이야 잊혀진 계절보다는 할로윈 데이가 더 익숙하겠지
만, 이 노래를 아는 세대들은 10월의 마지막 날 아침부터 온종일 이
노래가 몇 번 나오나 세어보게 된다. 10월 마지막 날, 매 프로그램에
서 튼다 해도 과언이 아닐 정도로 나오는 노래다.

물론 그 노래는 명곡이다. 하지만 나는 10월의 마지막 날 이용의 〈
잊혀진 계절〉 대신 어떤 노래가 좋을지 고민했다. 청취자들에게 직접
물어보았다.

10여 분 만에 260여 통의 문자가 쏟아졌다. 공통된 말은 "10월의
마지막 날이 대체 무슨 의미이기에?"였다.

물론 나는 그 노래를 틀지 않았다. 다른 프로그램에서도 그 노래를
선곡할 테니, 그 노래는 그때 들어주시고, 여기서는 다른 사랑 노래를
많이 들려 드리겠노라는 의미였다.

대신 이렇게 말씀드렸다.

"여러분이 오늘 많이 외롭고 지치고 힘들고 어딘가에 기대고 싶으신
가 봐요. 가요뱅크에 문자를 많이 보내주시네요. 오늘은 문자 500통
한번 넘겨볼까요?"

그랬더니 500통을 훌쩍 넘겨 564통이나 도착했다. (지역 라디오에서
30여 분 만에 500통은 많이 오는 것에 해당한다.)

장혜진의 <1994 어느 늦은 밤>, 김동률의 <다시 사랑한다 말할까>, 김혜림 <날 위한 이별> 등등 수많은 노래 제목이 도착했다. 그래도 <잊혀진 계절>을 대체할 만한 노래는 역시 없는 것인가? 제일 많이 도착한 건 역시나 <잊혀진 계절>이었다.

노래에는 많은 감정이 담겨있다. 라디오의 큰 매력은 감정을 대신할 수 있는 노래를 선곡할 수 있는 게 아닐까 싶다. 그 어떤 말보다 그날의 분위기와 감정을 매만져 주는 셈이다.

문자 상담실

단체 안에서 의견을 모아야 할 때 누군가는 원리원칙의 논리로 자신의 주장을 펼친다. 하지만 한시가 급해 다수의 의견을 종합해서 결정해야 할 때는 논리적인 말 보다 비유의 말이 훨씬 더 빠른 효과를 보일 때가 있다.

이 사연이 그랬다. 그 사연인즉슨 청취자 사장님의 원칙 고집 때문에 대다수 직원이 원하는 계약이 이뤄지기 힘들다는 고민이었다.

사장은 이렇게 말했다.

"저는 여러분의 생각과 달라요. 의견 일치도 중요하고 빠른 처리도 중요하지만, 원칙이 더 중요합니다. 원리원칙!"

그러자 직원이 반대했다.

"사장님 시간이 없습니다. 공문처리 시간만 줄어들어도 계약이 이뤄질 수 있습니다."

나는 어느 한 사람이 옳다고 손을 들어줄 수가 없었다. 양쪽 입장 사이의 중도를 택했다.

"아, 네. 사장님의 의견도 이해되는 상황입니다. 그 원칙 중요합니다. 하지만 자 보세요. 누군가 물에 빠졌어요. 물을 먹고 자꾸 물에 가라앉는 상황입니다. 누군가 일단은 뛰어들어가거나 구명장비를 던져야 합니다. 수영하기 전 준비운동 팔다리 운동 5분, 허리운동 5분 하는 것이 중요한 원칙이겠지만, 일단은 한시가 급한 상황이니 구명조끼부터 입고 얼른 뛰어들어야겠죠?"

이후 그 청취자에게 사장님이 계약을 했고, 방송에서까지 그런 사연이 소개될 줄 몰랐다는 후일담을 들을 수 있었다.

취업이 잘 되지 않아 힘들어하던 대학생이 가요뱅크에 출연해 고충을 토로했다. 그는 여기서의 생활을 접고 중국으로 가야겠다고 심각하게 고민하고 있었다.

나는 그의 당당함을 격려했다.

"이력서에 〈김태은의 가요뱅크〉 요일 코너 출연자라고 한 줄 더 넣으세요. 그리고 면접 때 방송 출연 이야기해봐요. 방송에서는 이렇게 당당하게 잘하잖아요. 면접 때 노래도 한 곡 불러보고 끼를 발휘해보라고요!"

그리고 후일 전화가 왔다. "저 취직했어요!" 그는 들뜬 목소리로 가요뱅크 예찬론을 펼쳤다.

"유명 닭 회사예요. 알려주신 대로 가요뱅크 출연했다고 말도 했습니다!"

정말 뿌듯했다. 프로그램의 힘과 책임감을 다시 한 번 느끼는 순간이었다.

고민이 있나요?

일단 이야기해봐요. 상담 한번 받아 봅시다.

〈 문자 상담실 이모저모 〉

Q: 아이가 너무 공부를 못해요.

A: 아이에게 인사법을 가르치세요. 인사만 잘해도 사회생활 잘합니다.

Q: 남편과 싸웠어요.

A: 신혼 때 사진, 결혼식 비디오 다시 보세요! 그렇게 해도 별 변화 없으면 오히려 시댁 식구들에게 잘해줘 보세요. 선물도 보내고 하면 남편이 달라집니다. 아니면 다른 부인과 살라고 부인을 안겨 주세요. 복부인, 퀴리 부인, 애마부인 말고 죽부인!

Q: 우리 신랑 밤새워 발표 자료 준비했는데 지나친 긴장으로 덜덜 떨다 왔대요.

A: 발로 뛰고, 말로 까먹는 형국이군요. 그렇게 준비를 했건만 긴장감 때문이라니.

자 일단 거울을 보고 자기 모습을 스스로 바라보게 하세요. 내가 어떤 모습으로 상대방에게 비칠지 모르기 때문에 더 긴장하는 거예요. 거울 보고 자기가 말하는 모습을 스스로 보면서 말하기 연습을 하세요. 그리고 눈앞에 가장 사랑하는 사람을 떠올리면 긴장감이 좀 가라앉을 겁니다.

Q: 우리 아이, 자기는 누구를 닮아서 목이 짧으냐고 엄마를 탓합니다.

A: 자고로 신체발모 수지부모라는 말이 있듯이 자식이 부모를 닮지 누구를 닮겠습니까? 유전적인 영향이 있는 것은 분명한데요, 긍정의 면을 보고 조언을 해주시는 건 어떨까요? 눈이 작으면 벌레 들어올 일 없어서 좋은 거다. 머리숱이 적으면 머리 감기 편해서 좋은 거다. 목이 짧다는 건 빨리 음식을 삼킬 수 있으니 좋은 거 아니냐고 해보세요. 남들보다 후다닥 넘길 수 있다는 큰 장점을요!

여러분은 어떤 상담을 원하시나요?

탠 코너 작명소

가수 왁스의 노래 중에 〈화장을 고치고〉라는 노래가 있다. 참 특이한 제목이라고 생각했다. 그 후로도 재미있고 특이한 노래 제목은 많이 등장했지만 내가 DJ를 시작한 초창기에는 이런 평범치 않은 제목들이 많지 않았다.

코너 제목도 마찬가지다. 눈에 띄는 제목이 좋다. 나는 평범한 코너 제목이 싫었다. 그래서 코너 이름 짓기노 즐겨 했는데, 코너 이름만큼은 욕심을 부려 내가 손수 아이디어를 내고, 직접 지어내기도 했다.

그중에서도 〈요요요 어때요 좋아요 신나요〉라는 묶음 노래 코너는 아마도 최장수 코너 이름이 아닐까 싶다.

〈웃어보세요, 문자왔어요, 행복하세요〉, 〈어때요 돌려요 웃어요〉, 〈어디요? 알려주세요. 맛나요?〉 등으로 버전을 달리해서 요!요!요!의 역사를 이끌어 오다가 지금은 '누구세요, 노래해요, 또 만나요'의 의미로 〈요!요!요! 콘서트〉라는 이름으로 라이브 공개방송을 하고 있다.

그 외에도 다양하다. 〈그랬으면 좋겠네! 뉴스〉라는 희망 가상 뉴스 코너, 〈스케줄 매니저에게 물어봐〉 한 주간의 일정을 정리하는 매니저, 〈사이다. 사랑스런 가사 이렇게 다 함께 풀어요〉 퀴즈코너, 〈모이자 노래하자〉 노래자랑 코너, 〈들었다 놨다〉, 〈가뱅 닥터와 상의하세요〉, 〈음악 플러스 뒷얘기〉, 예전 태진아 쇼쇼쇼를 패러디한 〈태은아 쇼쇼 쇼〉까지.

〈누가 가수냐?〉는 노래 잘하는 가수 매니저와 가수의 노래대결 코너다. 〈뭘 그리 놀라나〉 역시 최장수 코너 이름이고, 〈사노라면 퀴즈〉 는 '사랑하는 노래 라디오에서 듣고 면발 땡기세요' 퀴즈다.

압권은 〈장학생 퀴즈〉인데, 뜻은 '장거리에서도 학수고대하며 푸는 생방송 퀴즈'다.

특집 제목 또한 다양하다. 〈열정 발사 콘서트〉, 〈오호라 929 (5주년 호남 최고의 라디오 방송 92.9)〉, 〈라.밤.바(라디오를 밤까지 바닷가에서 즐겨 요)〉 등 많은 코너의 이름과 특집 제목들을 지었다.

애착 가는 제목은 단연 〈뭘 그리 놀라나!〉이다.

코너 제목 지을 때 센스 있게 짓고 싶으면, 줄임말을 응용하는 방법 이 있다.

사우나   –   사랑과 우정을 나누자

오징어   –   오래도록 징그럽게 어울리자

주전자	–	주저하지 말고 전화해서 자주 보자
우하하	–	우리는 하늘 아래 하나다
아이유	–	아름다운 이 세상 유감없이 살다가자
사이다	–	사랑합니다 이 마음 다 바쳐
		사이좋게 다 함께 풀어 보는 퀴즈
통통통	–	소통, 화통, 정통 퀴즈 / 우체통, 문자통, 인터넷통
요요요	–	어때요, 좋아요, 웃어요 / 들어요, 돌려요, 신나요
		누구세요, 노래해요, 또 만나요 / 어디요? 갈게요. 맛있어요?
수신제가	–	수신된 신청곡은 제가 불러드려요
운수대통	–	운동하는 수요일 통크게
수사반장	–	수요일에 사랑 노래 반장

나는 가요뱅크의 아이디어 뱅크다!

가뱅 너의 의미

가뱅을 시작하고 59일째를 맞은 수요일 방송에서였다. 수요일 텔레파시 문자 주제로 무엇을 할까 고민하다가 문득 이런 주제는 어떨까 하고 생각했다.

"가요뱅크는 ○○○이다."

우리 애청자들에게 있어 가요뱅크는 어떤 의미일까 문득 궁금해졌다. 59일 기념 이벤트성 문제를 냈다.

"여러분! 오늘의 텔레파시 문자 문제는 바로 이겁니다. 여러분에게 있어 가요뱅크는 무슨 의미인가요? 힌트! 한 단어는 가뱅 방송 클로징에서 늘 제가 외치는 말이고요. 또 한 단어는 제가 무척 듣고 싶어 하는 말이고, 안 들으면 듣고 싶고 궁금해져서 자꾸 라디오 앞으로 오게 되는 증상? 뭐 그런 것이죠. 과연 뭘까요?"

그 말이 떨어지기 무섭게 우리 청취자들 문자를 재빠르게 보내왔다.

행복, 한여름 단비, 마약, 고향, 추억, 사랑, 박카*, 우루*, 짝꿍, 커피 한 잔의 여유, 선물, 애인, 사랑, 설렘, 솜사탕, 자석, 산소, 활력, 비타민, 청량음료, 편안함, 약속 등…….

마음 벅찰 만큼 좋은 단어들을 마구마구 보내주시는데, 뿌듯함에 눈물이 나오고야 말았다.

물론 내가 생각한 정답도 있었다. 그건 바로 중독과 가족이다.

가족, 이 단어만큼 따뜻하게 우리를 하나로 묶어주는 말은 없다. 내가 좋아하는 단어이기도 하다.

나는 항상 가뱅 식구들에게 마음 편지를 써서 보낸다.

가뱅 여러분.

정말 정말 고맙습니다, 사랑해요.

매일 마음이 따뜻해지고 행복해요.

저 방송 중에 눈물 날 뻔했어요.

우리 가뱅가족이 이렇게 든든히 저를 응원해주시니까요.

정말 여러분이 제 힘입니다.

깜짝 광고 합니다! 가요뱅크 들으면 가족이 보입니다. KBS 해피 FM 2라디오 주파수 92.9!

(경기도, 경상도, 전라도, 충청도 일부 지역은 들으실 수 있습니다. 검색어 전주KBS on‐air 2라디오 클릭하세요. 매일 오전 11시 5분~57분에 청취 가능

합니다. 참고로 #2929는 문자참여 이용번호입니다. 짧은 문자 50원, 긴 문자 100원의 정보 이용료가 들어요.)

뱅뱅이? 배뱅이? 골뱅이도 아니고 **가뱅**입니다!

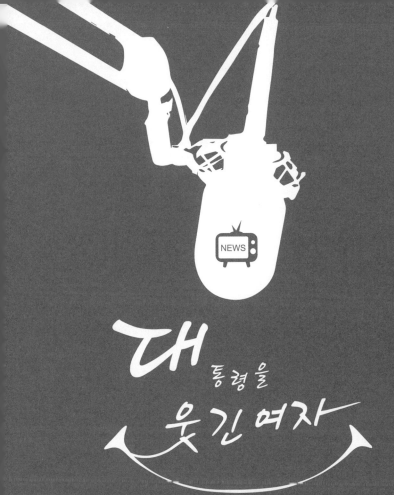

대 통령을
웃긴 여자

3부 아침 뉴스의 여왕

NEWS

아침 뉴스 20년

아침의 시작은 내게 새로 산 문제집 같은 것이다. 풀어야 할 단원들은 많고 정답과 오답을 가려야 하지만 새 문제집 펼치면 그 나름의 기분 좋음이 있지 않은가? 나는 하루의 아침을 그렇게 새 문제집을 받듯 펼친다.

어느덧 아침 뉴스를 진행한 지 20년이 넘었다. 매일 새벽같이 일어나다 보니 이제 오전 6시 출근이 지켜지지 않으면 마음이 불안하다.

새벽 근무는 가장 오래 해왔던 일이다. 이 규칙적인 생활이 나에게 가져다준 것은 늘씬함과 신뢰다.

남들이 살 좀 찌라고 하면 난 늘 이렇게 말하곤 했다.

"아침에 일찍 일어나면 살찔 틈이 없어요."

아나운서가 아침 생방송에 늦으면 바로 사고로 직결되지만 나는 여태껏 방송시간에 펑크 내거나 지각한 적이 한 번도 없다. 그것은 곧 자부심으로 직결된다.

방송인이 방송 펑크를 안 내는 것이 당연한 데도, 무지각 근속은 나에게는 무엇과도 바꿀 수 없는 자랑거리다. 약속을 지키는 것은 시청자의 신뢰를 붙잡아 두는 방법이기도 하다.

이렇게 무사고 근속을 고수하다 보니 어느새 나에게는 아나운서들의 보험 같은 존재라는 칭호가 따라붙었다. 어느 선배가 "너는 믿을 수 있으니까 아침 근무 맡기는 거다"라고 말했을 정도다.

어렴풋이 떠올려 봐도 L 후배, H 후배, B 후배, Y 후배, K 선배. 모두 김태은 보험 혜택을 받은 선후배들이다. 물론 보험 혜택비는 저렴하다. 차 한 잔이면 오케이다.

방송 펑크는 곧 사표라는 조금 과한 다짐과 각오로 임해서일까? 누군가는 나를 보고 전장에 나가는 장수 같다고 하는데, 그 말이 맞는 표현 같다.

오늘 아침도 회사 선배가 나에게 "태은 씨 대단하다"라고 한다. 늘 해오던 근무방식인데 왜 그러실까, 역시나 새벽 출근 덕분이다.

아침 일찍 나온다는 게 말이 쉽지, 머리하고 혼자 메이크업 하고 그 새벽에 정리된 모습으로 나오는 건 쉽다고 할 수 없다. 하루, 이틀은 마음먹고 할 수 있지만, 꾸준히 하기란 힘든 일이다. 다들 어떻게 그럴 수 있느냐며 감탄한다.

확실히 몇 해를 어기지 않고 지속한다는 게 쉬운 일은 아니다. 하지만 나는 오히려 밤에 돌아다니는 게 힘들다. 일찍 일어나는 게 습관화된 몸은 이미 새벽형 인간이 됐다.

이것 또한 아침 뉴스 진행 때문에 굳어진 생활 방식 중 하나겠지만, 그 화려하고 재미있다는 밤 문화생활을 안 하고 산 지도 벌써 20년이 넘었다. 하긴 술도 못 마시니 나 같은 사람이야말로 새벽 근무가 딱이다.

20년간 뉴스 하면서 참으로 별의별 일을 겪었다. 뉴스 진행 아이템과 어울리지 않는 듯해서 액세서리나 입술색을 중간에 바꾸기도 해봤고, 옷이 삐뚤어 보일까 봐 청테이프를 가슴팍에 붙인 적도 있다. 프로그램 성격상 어울리기 위해 시침핀과 옷핀을 소매, 허리춤, 어깨 등 여기저기 꽂아 두기도 했다. 최상의 코디를 맞추기 위해 남다른 노력을 해야 한다.

요즘은 남자 후배와 같이 더블 진행을 하고 있는데, 호흡을 맞춰야 하는 뉴스라서 상대 진행자 목소리 음을 맞춘다. 상대의 톤이 높으면 나도 올리고, 톤이 낮으면 또 그 톤에 맞춰 톤을 내린다. 녹이 삼기년 잠기는 대로 숨 한번 크게 들이마시면서 집중하고 있다.

혼자일 때보다 배로는 힘이 든다. 그러나 주고받으면서 나의 기량이 더 연마되고 있다는 것을 부정할 수 없다. 파트너가 있을 때는 나의 실수가 상대의 실수로 이어지기도 한다.

무엇이든 '함께'가 되는 것이다.

요즘 나이 탓인지 프롬프터의 글자가 잘못 읽힐 때가 있다. 감독이 감옥으로 보이거나 상장이 상자로 보이기도 하고…….

뉴스 원고 기사는 15포인트로 굵게 한 것이 가장 읽기 좋은데, 그날은 평소보다 포인트도 작은 데다 굵기도 약하게 되었고 날까지 흐려 눈이 침침한 상황이었다.

사건 기사는 이랬다.

"전주시 **동 38살 이모 씨 집에서 불이 났습니다. 이 씨의 아들 22살 김모 군은 화상을 입고 **만 원의 재산피해가 났습니다."

순간 2살이라는 아들의 나이가 22살로 보였다. 어머니는 38살인데 그럼 애를 도대체 몇 살에 낳은 것인가! 심각한 기사가 황당한 기사가 되는 순간이었다.

그뿐만이 아니다. "영어회화 전문 강사에게 1년 단위의 계약 연장 시 매달 2백만 원을 주지만, 농어촌에서 근무 시에는 30만 원 수당 지급으로 수당의 빈부 격차가 있다"는 기사였는데, 나는 30만 원을 130만 원으로 잘못 읽어버렸다.

읽으면서 130만 원 수당이면 적은 금액이 아닌데, 왜 저런 기사가? 하며 고개를 갸우뚱했다. 덩달아 갸우뚱하셨을 시청자 여러분께 거듭 속으로 사죄를 했다. '죄송해요, 제 눈에 거미줄이 쳐졌나 봐요!'

날씨와 습도를 바꿔 읽은 경우도 있다.

온도 14℃에 습도는 46%를, 온도 46℃, 습도 14%라고 말해버렸다. 이 정도면 뭐든 바짝 말릴 수 있는 초강력 건조 상태가 아닌가.

뉴스에서 숫자가 몰려있는 기사를 읽다 보면 흔히 하는 표현으로 눈이 핑핑 돈다.

이 어지러움은 선거철에 정점을 찍는다.

선거철이 다가오면 지역별 유권자들 인구수가 문제다. 예를 들면 전주, 덕진, 완산, 군산, 김제, 익산, 부안, 고창 인구수 등 뉴스 기사가 2분 정도 쭈르륵! 숫자도 숫자지만 단위가 제곱미터, 세제곱미터로 혼합되면 정신이 없다.

뉴스가 무사히 끝난 날 차 안에서 운전대를 잡고 가만히 생각해 본다.

'언제까지 할 수 있을까? 언제까지 시청자들은 나를 원할까?'

그날이 되도록 아주 멀었으면 좋겠다는 바람을 살포시 들춰본다.

알람시계와 동시에 일어나는 습관이 된 지 어언 20년이다. 늦은 밤에 돌아다니는 것은 졸려서 자신 없지만 새벽에 일찍 일어나는 건 자신 있다. 방송 무사고를 기원하며 이마에 기상 시간 숫자를 그리며 오늘 밤에도 일찍 잔다.

여러분 저 밤에 만나기 힘든 여자예요.

나를 긴장시키는 뉴스 단어들

선거철 기사 읽기는 매우 중요하다. 기자들과 연결해서 진행하는 만큼 시간 안배도 균일하게 해야 하고, 아나운서가 특정 당의 기사를 강조하거나 혹은 더듬거리면 안 된다.

당연히 후보자 이름이나 당 이름이 바뀌어서도 안 되고 후보를 당선자라고 바꿔 말하는 실수는 절대 용납할 수 없다.

이런 선거철 뉴스 말고도 나를 긴장시키는 뉴스가 하나 더 있다. 바로 역사 관련 뉴스인데, 학창 시절에 국사, 세계사 과목이 그렇게도 싫더니 방송을 하면서도 그 여파가 있게 될 줄은 꿈에도 몰랐다.

사건, 사고 기사는 왠지 모를 정의감이 생겨서 관련 기사를 보면 저절로 눈이 커지고 의협심이 생기는데, 문화재 관련 기사는 왠지 모를 긴장감 때문인지 가슴이 쿵 내려앉는다.

이럴 때는 분명 오독이 생긴다. 그러다 보니 언제부터인가 역사, 문화재 관련 기사는 다른 기사 읽을 때보다 두 배 더 집중하게 된다. 실수를 보완하는 것, 실수를 방지하는 최선의 방법은 온 신경을 집중하여 긴장하는 수밖에 없기 때문이다.

그렇다 해도 숨길 수 없는 지뢰들은 있다. 국보급 문화재, 특히 보물 제○○호라는 이름의 문화재, 법당 이름들은 내게 치명적인 단어들이다. 긴장을 끝까지 올려야 한다.

일반 생활 단어도 마찬가지다.

12월이 되면 방송 진행자들은 가슴에 빨간색 사랑의 열매를 달고 진행한다. 나 또한 연말마다 사랑의 열매를 달고, 〈사랑의 이웃돕기〉 프로그램을 진행한 적이 있다.

"다음은 저희 KBS에 사랑의 이웃돕기 성금을 보내주신 분들 소개해드리겠습니다."

명단을 쭉쭉 소개했다. 여기까지 순조로웠다. 그런데 예독 할 때는 발견하지 못했던 상호가 눈에 띄었다. 입으로 내뱉는데 정말 어찌나 웃음이 나던지 순간 폭소를 던질 뻔했다.

"김제시 엉터리 상회에서 *만 원……"

이를 어쩌란 말인가. 웃겨서 살짝 미소를 띠었다가 바로 슬픈 생각을 떠올렸다. 침착하게 약간의 침울함을 유지해야 했다. 한번 웃음보가 터지면 걷잡을 수 없다.

예전에도 이웃돕기 성금 때 특이한 지명 때문에 웃음 터질 뻔한 적이 있다.

정읍시 목욕리, 대가리, 김제 귀신사(절) 등등. 이제 단련이 되었을 법한데도 여전히 이런 지명에 웃게 된다. 아나운서는 웃음도 금욕적이어야 하다니 통탄할 일이다.

근엄한 표정, 정제된 자세, 가성이 없는 음성. 이런 것들은 뉴스를 하는 데 있어 필요한 필수요소들이다. 게다가 뉴스는 하늘이 두 쪽 나도 생방송이다. 녹화라는 개념은 애초에 존재하지 않는다. 같은 내용을 내보낸다 하더라도 생방송이 원칙이다.

가끔 나에게 이런 질문을 하는 분들이 있다. 아침에 진짜로 그렇게 일찍 나와서 뉴스를 하느냐고.

나는 고개를 끄덕인다.

"그럼요!"

특히 아침이면 간밤에 일어난 긴박한 사건과 사고 상황이 많기 때문에 생방송이 아니라면 그렇게 실감 나게 전달할 수 없다.

혹 제 뉴스를 보신 분들! 사건소식 전할 때 제 목소리에 힘이 들어가지 않았습니까?

뉴스에서 좋은 소식이나 행사 소식 혹은 이웃돕기 성금 보내주신 분들을 소개할 때면 자연스레 미소를 짓게 되는 데, 그 외에는 대체로 경직된 분위기로 표정 변화 없이 뉴스를 하게 된다.

어느 날 아침에 내가 담당 기자에게 외치듯 한마디를 뱉었다.

"저… 한 선배! 뉴스 때 웃으면 어떻게 하죠?"

"그게 무슨 소리야?"

"저… 죄송한데요, 기사 한번 확인해 볼게요. 오늘 새벽 3시 반쯤 군산시 삼학동 길가에서 군산의 **파와 솥뚜껑파의 집단 싸움…… 이거 맞나요? 그리고 또 있는데요! 삼례 여시 꼬빼기 마을에서 오토바이 사고 맞나요?"

"푸하하하 태은 씨, 그 사건들이 오늘 죄다 몰려 있어요? 하하 태은 씨가 감정 조절해 가면서 잘 읽어요. 난 몰라요 몰라."

정말이지 농촌 지명은 방심할 수가 없다. 아나운서라고 해도 기습적으로 쏟아지는 단어 전부를 이길 수 있는 건 아니다.

이런 기사도 있었다.

"농림축산 식품부가 실시한 올해 농촌유학지원대상 공모에서 전북 지역 5개 유학센터가 선정됐습니다. 정읍 농촌 유학협의회, 정읍 고산 산촌유학센터, 완주 열린마을 농촌유학센터, 장수 철딱서니학교, 임실 대리마을 농촌유학센터……"

철딱서니학교라니!

요즘 기억에 남는 곳이 또 있다. 이웃돕기 성금 보내주신 분들을 소개하는 중이었다.

바로 '미신협회'에서 성금을 보낸 것이다. 아마 점집 연합이었던 것 같다. 그곳에서 성금을 보내셨다고 읽어내려 갈 때, 웃음을 참느라 혼

났다.

생각해보면 이웃돕기 성금 명단이 폭소 유발 단어들의 집합체임은 부정할 수 없다.

지역의 상호 이름도 예외는 아니다.

군산 불스타 당구장에서 *만 원

군산 가마솥 회관에서 *만 원

떡두꺼비 다방에서 *만 원

으아앙, 나는 그날 허벅지를 꼬집어가면서 뉴스를 할 수밖에 없었다.

최근에는 '님의 뽕 축제'가 부안댐 가족공원에서 열린다는 뉴스에 빵 터져 하마터면 사고를 낼 뻔했다. 온라인 쇼핑몰 '거시기 장터'도 웃음 없이 읽어내느라 진땀을 뺐다.

승마장과 관련해 기자 리포트 뉴스가 나가는 동안 진행자와 대화를 주고받았던 적이 있었다.

"저곳에 가장 잘 달리고 관리도 잘 된 고가의 말이 있다는데 이름이 슈팅스타래요."

"아…… 왠지 그럴 것 같아요. 말갈기 휘날리고, 근육도 뽐내면서 멋지겠네요. 그런 말은 기마 퍼레이드나 드라마 촬영에도 섭외되겠죠?"

"그렇죠. 근데 다 그런 말만 있는 것은 아닌듯해요. 저 아는 분은 저 승마장에서 완전 다른 느낌의 말을 탔다네요."

"그 말은 무슨 말?"

"옥동자래요. 다리도 짧고 굵고 마치 당나귀 같은."

"푸하하."

대개 승리에 걸맞은 이름을 짓는데 나귀한테나 붙을 이름이라니. 다음 뉴스 넘어오는데 무척이나 힘들었다. 진행 내내 옥동자라는 단어와 짧고 몽땅한 나귀가 머릿속을 맴돌았다.

그래도 뉴스는 순간의 웃음도 참고, 매 순간 집중해야 한다.

꼭!

이게 맞나? 저게 맞나?

이 악물고 뉴스!

아침 뉴스를 하기 전 나는 입 운동 겸 정확한 발음을 위해서 그날의 뉴스를 여러 번 예독한다. 말을 많이 해 입 근육이 풀어진 오후 시간대가 아니면 이 예독도 긴장되고 힘이 드는 일이다.

나에게 어려운 발음이나 문장을 몇 가지 나열하자면, '방침입니다', '국립공원', '제도 개선', '교부세 제도 개선에 대응하기로 했습니다', '중국 북동부 지방' 등이다.

아무래도 받침들이 연이어 들어간 글자들을 정확하고 신속하게 발음하려다 보니 힘이 드는 것인데, 더 완벽을 기하려는 나의 고집이 어려움에 단단히 한몫한다.

이를 악물고 연습하다가 이를 편안히 한 다음 발음을 해보면 신기하리만큼 잘 된다. 힘을 주고 풀어주는 과정에서 입 근육이 이완되기 때문이다. 아침에는 혀도 움직여 주고 입도 움직여 주고 몸보다 바쁘게 움직이자! 움직여야 한다!

뉴스 중 오독이 나는 것만큼 부끄러운 일은 없다. 중요한 숫자에는 예순여섯, 일흔넷 등 읽기 좋게 적어두기도 하고, 기관 이름이 어려운 곳에는 특별히 신경을 써야 한다는 의미로 별표를 해둔다. 오독을 줄이기 위해서 발음뿐만 아니라 눈으로도 놓치지 않게 꼼꼼하게 표시를 해 주는 것이다. 내 성향상 세 번, 네 번의 안전망을 쳐두는 것이다.

그래도 막상 TV뉴스 진행이 시작되면 그저 읽는 것만으로는 부족하다. 잘 읽는 것이 최우선이지만, 잘 읽기 위해서 눈을 부릅뜨고 귀도 똑똑히 열어두고 있다. 읽는 데에만 집중하면 페이징으로 전달받은 이야기나 프롬프터 글씨를 잘못 보게 되어 오독을 유발할 위험이 있어서다.

예를 들어 "상가건물 건물주가 전기요금 6천만 원을 과태료로 물게 되었습니다"라는 원고 글씨가 순간적으로 6천 원으로 보이는 경우가 있었다. 과태료 6천 원 내는 게 뉴스에? 순간 당황하면서 다시금 정정하는 상황이 발생했다.

'직격'이 '적격'으로 보이고, '감찰'이 '검찰'로 보이고, '시안'이 '시한'으로, '소실'이 '손실'로 보이기도 하고, '운항'이 '운행'으로 보이기도 하고…… 다르게 보이는 글자가 여간 많은 게 아니다. 시선이 화면을 향해 있어야 하다 보니 순간 잘못 보게 되는 것이 오독을 유발하는데, 이는 철저한 예독으로 잡아낸다.

한 번은 5천7백만 원이 정확한 뉴스 내용이지만 원고에 5백7백으로 적혀 있던 일도 있었다. 처음 예독 때는 눈에 보이지 않다가 방송 중에서야 보이는 경우다.

21년 차인 지금도 오독 방지를 위해 나의 원고는 별표, 물결표, 동그라미, 당구장 표시 등으로 화려하다.

뉴스 중에도 헷갈리게 하는 단어들 때문에 애를 먹기도 하는데, 예전에는 아예 스튜디오에 국어사전을 비치해 두고 뉴스 들어가기 전 올바른 단어 찾기를 했던 적이 있다.

하지만 세월이 흐르면서 후배들은 인터넷에 단어 입력을 하면서 표준어 찾기에 나섰고, 지금은 휴대전화로 쉽게 검색을 하고 있다. 이렇게 비교해보니 새삼 나도 참 오랜 세월을 거쳐 온 대선배 방송인이 된 느낌이다.

시간을 맞춰야 하는 방송 특성상 중간에 순서를 바꾸거나 빼야 하는 경우에는 뉴스 주조정실 감독의 콜을 받게 되는데, 그 소리에 집중하다 보면 안 해도 될 대답을 하는 상황도 벌어진다.

"협조 체제를 유지하면 의견 조율에 나설 것으로 (콜로 "다음 뉴스는 빼고 바로 날씨로 넘어 갑니다"라는 말이 나옴) 네! 예상 됩니다."

여기서 "네!"는 편집하고 싶은 말이지만 생방송 뉴스다 보니 그대로 시청자에게 전달되어버리고 만다.

한편 기자와의 전화연결 도중 갑자기 끊기거나 뉴스에 들어갔는데 아무리 불러도 대답 없는 경우, 다른 방송 프로그램은 애드리브로 상황을 모면하기라도 하지만 뉴스는 자기주장의 시간이 아니라서 그 시간을 채우기가 쉽지 않다.

그럴 때는 앞 뉴스의 핵심을 다시 한 번 소개해주거나 오늘의 날씨 정보를 주면서 시간을 끈다.

예상보다 뉴스 시간이 길어져서 준비한 원고 이상의 것을 갑자기 예독 없이 읽어야 하는 순간을 생각하면 상상만으로도 땀이 난다.

한쪽 눈은 순서에 포함된 기사를, 다른 한쪽 눈은 추가 기사를 재빨리 훑어야 하는데 여기에 알탄가다스사, 바철룬 회장, 울란바토르 바얀주르크 수흐바타르 광장 등 평소 입에 잘 붙지 않고, 지역뉴스에서 보기 힘든 외국 지명과 사람 이름이 나오면 그야말로 순간 긴장이다.

재해 없는 전라북도지만 어느 날 갑자기 호우 특보 방송 임무를 맡았을 때였다. 속보성 뉴스로 인해 그야말로 후다닥 옷을 챙겨 입고, 원고 없이 무작정 스튜디오에 앉아야 했던 그 방송. 지하에서 솟구쳐 오는 지하 암반수는 시원한 맛이라도 있지, 저 발바닥부터 머리꼭대기까지 솟구치는 긴장감은 맥박도 심장 박동 수도 최고조로 끌어 올린다.

두근두근, 쿵닥쿵닥.

관계자 전화연결 사인 받고 질문지 2, 3개를 정리하고 곧바로 뉴스 속보 타이틀이 시작될 때의 그 긴장감이란…… 참으로 묘하다. 떨림도 떨림이지만 나를 시험해 볼 수 있다는 것에 여태껏 쌓아온 자신감을 부채질하는 묘한 흥분과 고양감이 더해진다.

어느덧 목소리는 긴박한 분위기 속에 무거운 긴장감을 자아냈다. 정확한 상황 전달을 위해 시선을 앞으로 고정하고 깜박거림조차 최소한으로 줄였다. 재난 속보 방송은 길지 않게 잘 마무리되었다.

이렇게 뉴스를 끝내고 조명 꺼진 스튜디오를 나오면 화재현장을 진압하는 소방관, 범인 잡는 경찰의 마음이 이럴까? 싶다. 매번 출동하는 마음으로 생방송이라는 현장에 투입되어 강한 책임감과 투철한 사명의식으로 임하게 된다.

스튜디오는 생생한 현장이다. 마치 사건 바로 옆에 있는 것 같은 느낌을 받는다.

가끔 원고 안 글자가 발버둥 치는 재난 같아진다. 온몸을 감싸는 긴박감이 허리를 곧게 만들어 버린다. 그러나 무사히 해냈을 때의 성취감과 안도감은 이루 말할 수 없다. 그 희열과 보람이 나를 이곳에 잡아두는 걸지도 모른다.

스튜디오 준비 완료

뉴스를 진행하는 스튜디오는 긴장감의 장소이자 순간성 스트레스가 생기는 장소다. 혹여 사고라도 난다면 아나운서는 엄청난 스트레스를 받게 된다. 티가 나지 않게 지나갔다면 그것대로 다행인 일이겠지만, 이미 사고가 벌어진 순간 머릿속이 하얗게 되면서 가슴이 벌렁벌렁해진다.

종종 그 압박감이 꿈에서 나타나고는 한다. 사고가 터지든 터지지 않든 간에 아나운서라면 그 압박감에서 자유로울 수 없다.

방송 프로그램 중 제일 긴장감을 주는 것은 단연 뉴스다. 뉴스는 매 순간 긴장감 위에서 진행된다. 신입이건 경력자이건 그 긴장감 앞에서는 평등하다. 중압감의 크기는 다를지라도 가볍게 임하는 사람은 없다. 최대한 긴장하지 않기 위해 노력해야 하고, 그 노력보다 더한 노력이 필요한 게 바로 뉴스다.

사회의 소식과 정보 전달에서는 '대략', '약', '~ 정도' 등으로 짐작하면 안 된다. 분명한 단어를 사용해야 한다. 추측하거나 애드리브를 던져도 이상 없는 교양·오락 프로그램과는 그 생리부터가 다르다. 프롬프터를 쓰면서까지 정확해야 하고, 그 내용은 공정성에 기대어 있어야 한다.

사소한 불협화음이 사고로 이어지고, 그 사고가 가장 표나는 방송 장르라 긴장감을 놓칠 수 없다.

집중을 필요로 하는 뉴스를 보면 이런저런 생각이 들 때가 있다.

'얼마나 많은 사람이 뉴스에 관심을 보일까, 해당 뉴스와 관련 있는 사람은 더 집중하겠지?'

긴장감을 누르는 방법은 저마다 다르다. 나 같은 경우에는 사랑하는 사람들과 함께 먹고 싶은 메뉴나 맛집을 생각하는 것이다. 아무리 길어도 뉴스는 끝이 나기 마련이다. 이 뉴스가 끝나면 시원한 뭔가를 마신다거나, 두 다리를 쭉 뻗고 편하게 쉬는 자유가 주어진다는 생각을 한다.

물론 생각만으로 끝날 때가 부지기수다. 또 다른 일이 있기 때문이다. 하지만 그것을 상상하는 것만으로도 지금 당장 나에게 주어진 뉴스라는 관문과 임무를 흔쾌히 수행할 의지와 힘이 솟는다.

그리고 실수 없이 무사히 해내고 나면 더할 나위 없는 뿌듯함과 성취감에 온몸이 흠뻑 젖는다. 그 성취감을 한 번 맛본 사람은 자신이 가진 모든 시간을 능력을 키우는 데에 투자하게 된다. 발전된 능력만

이 성취감을 가져다준다는 것을 몸소 알고 있어서이다.

이 능력은 시청률과 직결된다. 매끄러운 진행과 신속함, 전달력이 시청자를 붙들어 두는 무기가 되기 때문이다.

하지만 시청률의 비밀을 아는 사람은 많지 않다. 방송사별 뉴스 시간대가 다르지만, 예전에는 밤 9시만 되면 각 방송사의 뉴스 시청률 경쟁이 치열했다. 여러분은 밤 9시에 어떤 채널을 고정하는지 모르겠지만, 어머니들 대부분은 그전 타임에 하는 드라마로 어떤 뉴스를 선택하는지가 좌우된다. (만약 KBS라면 넙죽 절을……)

아직도 방송국에서는 시청률에 집착한다. 사실 이것은 해가 지나도 변하지 않는 것 중 하나다. 시청률은 제작 시 중요 잣대가 되기도 하고 시청자들의 취향과 관심도를 알아보는 지표다.

앞서 말했듯 주요 방송사 주요 뉴스는 대개 드라마가 끝나고 시작된다. 방송사의 경쟁은 이때부터다.

일례로 KBS 드라마 끝나는 때를 보면 알 수 있지만, 평일에는 제작진 스크롤이 올라가지 않고 주말에만 올라간다. 그 이유는 아주 간단하다. 그때 채널이 돌아갈까 봐서다.

시청자의 볼 권리, 알 권리를 위해, 한 분의 시청자도 놓치지 않으려는 우리 방송사들의 보이지 않는 신속한 배려와 노력이 아닐 수 없다.

이렇게 좋은 팁을 알려드렸으니 책을 덮고 오늘 밤은 KBS 뉴스 채널 고정을……!

뉴스를 진행하면서 기사에 따라 자꾸 나도 모르게 장난기가 발동할 때가 있다. 예를 들어 "백화점에서 남성복 가격 거품을 없애기로 했습니다"라는 기사를 읽는 도중에는 시청자에 이입하여 "거기 어디 백화점이죠?"를 외치고 싶어지고, "초등학생 납치 두 시간 만에 범인이 검거되었습니다"라는 머리기사에는 "정말 나쁜*이죠?"라고 크게 말하고 싶어지는 것들이다.

뉴스 때 자주 쓰는 말은 "막대한 차질이 우려됩니다", "터덕거리고 있습니다", "어려움이 예상됩니다"이다.

뉴스는 내 감정과 내 느낌을 배제하고 전달해야 하므로 다른 방송과는 많이 다른 장르다. 내 주특기인 애드리브가 절대 허용되지 않기도 하고, 밝은 천성과는 달리 기사 내용에 따라 최대한 감정을 숨겨야 한다.

그러나 가장 보람을 많이 느낄 수 있는 것 또한 뉴스 진행이다.

뉴스의 톤은 일정해야 하지만, 속보성과 미담성은 톤의 강약 조절이 그 맛을 좌우한다. 표정과 속도도 중요하지만 매번 준비되는 것만은 아니다. 어느 날은 예독도 안 된 상태로 뉴스를 할 때가 있다. 이럴 때 가장 사소한 실수가 많이 나오는데, 성적 조사를 [성쩍 조사]로 읽어버리고 긴 단신 뉴스에 나도 모르게 '에고' 한숨 소리를 내기도 한다.

속보는 예독 없이 하다 보니 원고를 읽을 때 "풍년입니다" 부분에서 미소를 지었다가, 뒤이어 "쌀값 폭락"에서는 표정이 굳는 등 맥락 파악이 촉박해 어려움을 겪을 때가 있었다.

볼펜 심이 나와 있는 것도 모르고 흘러내린 앞머리를 볼펜으로 넘기다 이마에 볼펜으로 머리카락처럼 몇 가닥 그림이 그려지는 일도 사소하게 일어나는 실수다. 휴지로 코를 닦아서 메이크업이 지워져 빨간 코로 나간 적도 있었다.

실수는 아니지만, 작은 아이템 하나로 분위기를 바꾸려고 시도하기도 한다. 신창원 기사와 백화점 폭파범 뉴스가 나갈 때, 분위기 안 맞는 듯해서 뉴스 중간에 귀걸이를 뺀 적도 있다.

'구속 적부심'을 '구속적 부심'으로 읽고, '영하 5도'를 '마이너스 5도'로, '패션'을 '펜션'이라고 읽은 적도 있다.

이렇게 나열하고 보니 굉장한 실수쟁이 같지만, 사실은 그렇지 않다! 모아놓고 보니 많은 것뿐, 실상은 프로 정신으로 무장한 아나운서이다.

나의 모습

카메라로 보이는 모습이라는 건 참으로 희한하다. 얼굴이 실제보다 1.5배 커 보이고 단점이 두드러지게 나온다. 카메라는 외눈과도 같아서 화면발 잘 받기는 그 어떤 사람도 쉽지 않다.

그나마 혼자 진행할 때는 화면 비율에서 벗어난다. 간혹 더블 진행을 하는 경우에는 상대 진행자와의 균형 유지를 위해 어느 정도 키를 맞춰주어야 한다. 그래야 카메라에 안정적으로 잡힌다.

발육 상태가 좋은 키 큰 남자 후배들이 들어오면서 더블 진행할 때 구두 굽, 키 차이를 신경 쓰게 되었다. 이상적인 비율을 위해서는 서로의 키 차이로 12cm가 딱 좋다.

너무 키가 맞지 않으면 단을 세워서라도 높이 유지에 안간힘을 썼던 예전과는 다르게, 요즘은 구두 앞굽이 높이 세워져 있는 형태가 나오면서 그럴 필요가 없어졌다.

　이렇게 많은 사람 앞에서 방송을 하다 보니, 외모에 대한 관리와 관심이 많다. 하지만 가장 나의 모습을 잘 설명할 수 있는 건 역시 외모보다 직업병이 아닐까?

　나는 이상하게 정각이 되면 불안증세가 도진다. 휴일에 쉬면서도 혹시 내 근무 아닐까? 하는 생각이 안개처럼 머릿속에 깔릴 때가 많다.

　주변에서 '저희 나라'라던가 '역전 앞' 이런 식으로 잘못된 이야기를 하면 다가가서 고쳐주고 싶고, 해외출장을 가도 그 나라 뉴스를 보면서 아나운서의 머리 모양과 의상 등을 눈여겨본다. 이렇게 습관처럼 고착된 버릇은 몇 개 더 있다.

　노래방이건 MT, 회식 장소건 마이크가 최적의 상태인지 살펴보고, 음식점 메뉴판 표기법이 잘못되어 있으면 고쳐주고 싶어서 몸이 근질근질하다(예를 들어, 육계장-> 육개장, 김치찌게-> 김치찌개, 떡복이 ->떡볶이, 어름-> 얼음).

　게다가 대화 도중 말이 끊기는 걸 참지 못한다. 중간에 흐르는 침묵이 방송 사고를 연상케 해서, 상대가 말을 하지 않으면 내가 나서서 계속 말을 이어가려고 노력한다.

　방송 사고가 일어나는 꿈도 자주 꿔서 문제다. 후배 아나운서는 시말서 쓰는 꿈까지 꿨다고 한다! 나는 휴일에도 늘 같은 시각, 새벽에 기상한다. 어느새 절대 늦잠을 잘 수 없는 생체리듬으로 몸이 변화되었다.

낮잠 자고 일어나서 아침과 밤을 구분 못 하고 깜짝깜짝 놀랄 때도 부지기수다. 오후 6시인데 오전 6시인 줄 알고 늦었다며 허둥지둥한다.

공연이나 행사장에 가서도 마찬가지다. 행사 내용보다 진행자의 모습과 진행방법을 더 살피게 된다.

의상을 고를 때 조명과 어울릴지부터 생각한다. 똑같은 하얀색 의상이라 하더라도 백옥같이 하얀 것보다는 우유 빛깔의 부드러운 색상이 그나마 화면에 낫기 때문이다(사실 흰색 의상은 진행자의 톤을 어둡게 해서 방송의상 색으로는 꺼려진다. 조명 감독이 무척 힘들어하는 색이기도 하다).

아나운서로서 몸에 밴 습관의 범주가 넓은 만큼, 일상생활에서도 그 습관들이 불쑥불쑥 튀어나온다.

스튜디오에서는 습관이 아니라, 일종의 '방송에 최적화된 기계' 처럼 온 신경이 그쪽으로 몰리게 된다. 카메라 조명이 켜지면 그 앵글 안에 들어가려는 본능적인 움직임이 일어난다고 해야 할까.

목에 좋다는 건 두 배로 챙겨 먹는다. 사탕과 껌은 항시 준비하고, 스카프, 목도리와 같은 목을 감싸고 보호할 수 있는 소품도 준비해 놓는다. 눈에 띄게 허점이 드러나는 스타킹도 여분을 단단히 준비해 놓는다.

어릴 적에는 아프다고 하면 주변에서 걱정해 주지만 직장생활을 하면서 자주 아프면 자기 관리 못 하는 사람이라는 소리를 들을까봐 복합 감기약도 챙긴다. 심지어 소화불량으로 힘들까 봐 마시는 소화제도 가지고 다닌다. 이쯤이면 핸드백이 아니라 만능 구급 상자라 해도 손색이 없을 정도다.

사람을 만날 때 인터뷰하듯 흐름을 잡고 질문을 던지는 건 필수다. 특히 처음 보는 사람 앞에서는 방송 연사 마주하듯 사근사근한 태도로 캐내는(!) 형태가 되고 마는데……

여행지에 가서 가이드 점수를 매기는 것도 쏠쏠한 재미가 있다. 내용 전달 및 발음 등을 듣고 별 3개부터 5개까지 점수를 매기는 습성은 소소한 오락거리가 되었다.

휴대전화는 이미 메모장 역할을 톡톡히 하고 있다. 방송 프로그램 시간대에 맞춰둔 알람도 꽤 많다. 그러다 보니 정시 또는 정시 가까이에 때와 장소를 가리지 않고 알람이 울어대는 통에 난감한 적도 자주 있었다.

사실, 형태는 다르지만 누구에게나 직업병은 있다. 다만 아나운서는 그 직업병이라는 것이 철저한 자기 관리의 형태로 나타나기 때문에 다른 이들보다는 조금 빡빡한 게 사실이다. 가끔은 알람 걱정 없이, 카메라 염려 없이 생활해보고 싶다.

그렇지만 세월이 아무리 흘러도 정시에 울리는 알람 소리에 저절로 반응하고 말 것을 스스로도 잘 알고 있어 문제다.

6시 내 고향

내가 입사하기 전부터 KBS 간판 프로그램 하면 어김없이 뽑히는 프로그램이 있다. 〈전국 노래자랑〉, 〈열린 음악회〉, 〈6시 내 고향〉이다. 어느 누가 봐도 이 프로그램들은 이견 없이 간판 프로그램 삼박자로 엮어지는데, 특히 〈6시 내 고향〉은 온 가족이 저녁 식사를 하는 시간대라서 집안 어르신들이 그 시간대에 리모컨을 사수한다.

나도 입사 후 이 프로그램에 참여하면서 6년 넘게 야외 촬영도 다니고, 소개 참여도 하고, 언니와 함께 방송 연결하는 행운의 기회도 얻었다.

정말 힘든 줄 모르고 했다. 시골집 밥을 좋아하는 나에게는 촬영하는 날이 소풍날처럼 느껴졌다. 전국 방방곡곡의 토산물을 정과 함께 맛볼 기회는 어느 방송국에 가도 흔치 않다. 당연히 참여하는 내내 행복할 수밖에.

내가 입사 후 두 번째 참여하던 날이었던 것 같다. 소 사육 농가를 소개하는 시간이었는데, 그날 서울에서 아이템 하나가 통째로 빠지는 비상사태가 발생했다. 온전히 내가 그 시간을 채워야 하는 상황이 만들진 것이다.

"어어? 큰일이네. 태은 씨, 여유 있게 촬영 상황 크로스 토킹해주세요! 시간을 벌어야 하니까."

TV 주조정실에서 다급히 콜을 주는 담당 PD. 이때는 정해진 원고 하나 없이 진행하는 'ALL 애드리브' 상황이었다. 모든 것이 진행자의 감각과 역량에 달린 것이다.

참여한 지 두 번째밖에 되지 않은 새내기 아나운서는 당황하지 않고 주거니 받거니 하면서 시간을 채워나갔다. 1박 2일 촬영이어서 주저리주저리 이러저런 상황을 이야기했다. 당시 급한 마음에 '사료를 준다'는 말을 '비료를 준다'고 표현한 것 빼고는 잘 마무리됐다.

주조정실에서 PD가 고맙다며 칭찬해주고, 당시 본사 진행자 박용호 아나운서도 고맙다고 직접 전화를 주셨다. 그때 메인 PD도 칭찬을 아끼지 않으셨다. 다시 생각해봐도 뿌듯한 일이다.

그때는 그것이 왜 그토록 고맙다는 인사를 받아야 하는 건가 의아했는데, 생방송 프로그램 시간을 채운다는 게 얼마나 큰일이었는지를 나중에 알게 되었다. 평소 소리가 없는 상태나, 시간 사이 공허한 상태를 못 참는 성격이 빛을 발했던 순간이다.

정석대로 평범하고 안정되게 하는 것보다 재미있게 하는 걸 좋아하는 나는 밍밍한 오프닝이 마음에 들지 않았다. 그래서 PD에게 오프닝을 독특하게 꾸미면 어떨까 하는 제안을 했다.

벽에 묻은 케첩만 봐도 바들바들 떠는 나지만, 방송에서는 겁이 없어지는 나다.

예를 들어 복분자가 방송 아이템이면 내가 동네 유명가수 '복분자 씨'가 되어 복분자를 소개하고, 콩이나 팥 같은 농산물을 알릴 때면, 『콩쥐팥쥐전』의 콩쥐로 분장해서 눈두덩에 파란 아이섀도를 바르는 것이다. 이런저런 아이템이 유치해 보일 수 있겠지만 가장 단순한 게 시선과 이해를 잡아끄는 법이다. 결국 독특한 프롤로그 제작 방식을 도입하게 되었다.

아나운서의 변신이 무척이나 튀었던지 예상외로 반응은 좋았다. 다른 지역 방송국에서도 독특한 방식의 오프닝 제작 구성방식을 도입하기 시작했다.

그러나 아나운서의 이런 변신은 무죄였으나 우리 집에서는 이런 변신이 유죄였다.

이 자리를 빌려 어머니에게 말하고 싶다.

한편, 야외촬영도 많지만 야외 연결 생중계 상황도 많았던 <6시 내 고향>에서는 이런 일도 있었다. 진안 마이산에서 생방송 하는데 산속이라서 SNG(이동위성 중계 장비) 연결을 해야 하는 상황이었다. 인터컴(영상 제작에서 제작진 상호 간 의사소통을 위하여 사용하는 통신 장비)으로는 한 박자씩 늦게 들리는 상황인지라 정신 똑바로 차리지 않으면, 집중력이 흐트러지면서 말이 꼬이는 상황이 되어 버린다.

속으로 계속 집중하자, 집중하자고 되뇌었다. "스탠바이 하이 큐!"가 외쳐졌다.

"네, 진안 마이산 아랫동네에 장이 섰네요. 와~ 먹자판이 펼쳐졌어요! 마을 부녀회에서 음식도 해오셨네요. 특색 있는 음식을 맛볼 수 있는 장터예요. 간장, 된장 어디 한번 맛을…… 으음 역시 장이 맛있으면 음식이 다 맛있어요. 여기 보면 아 이건 뭐죠? 애저? 새끼 돼지. 아, 이곳에 유명한 음식인가 보죠? 맛은 흠, 으음 쫄깃한 닭고기 맛이에요!"

이때 이미 인터컴에서는 다음으로 이동하라는 콜이 있었다고 한다. 그러나 나는 그걸 늦게 들었고 정신은 없지만 멘트를 쉴 수는 없어서 계속 무슨 말이든지 던지는데, 아뿔싸 음식 앞에서 집중력이 흐려지는 실수가 생겨났다.

"아주 돼지 새끼, 아니 새끼 돼지가 맛있네요! 쩝쩝. 아 네…… 다음으로 가죠!"

마무리는 발랄하게 했지만, 가면서도 먹는 것에 너무 집중한걸 후회했다. 대체 돼지 새끼가 뭐람, 새끼 돼지지!

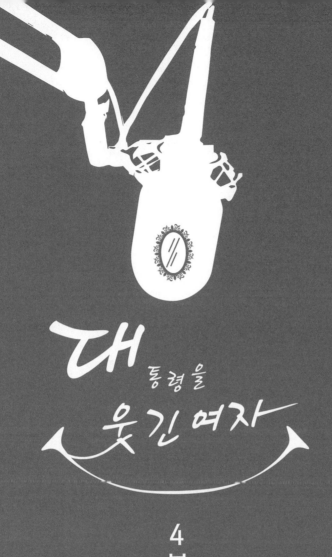

대 통령을
웃긴 여자

4부
분장실의 아나운서님

화장은 갑옷!

아나운서의 자질과 능력을 전달력과 태도로 판단할 수 있다면, 패션과 건강은 아나운서의 능력을 최상의 상태로 발휘하기 위한 알파 기능이라 할 수 있다.

매일 준비하는 단정한 정장이나, 꾀꼬리같이 또랑또랑한 목소리는 내가 언제든지 출격할 준비가 되어 있다는 것을 보여준다. 이 모든 것들이 어우러져 나의 '임전태세'가 갖춰지는 것이다.

새벽부터 방송하는 나는 과식도 금물이요, 라면처럼 짠 음식 섭취 또한 눈을 통통 붓게 해서 금물이다. 그야말로 금과옥조 같은 소소한 생활의 규칙들이 많다. 대부분이 원활한 방송을 위해 사고 원인이 되는 것들을 원천봉쇄하는 방법들이다. 주 중에 한 번씩은 꼭 에센스를 꿀 바르듯 듬뿍 발라주는 관리도 잊지 않는다.

새벽에 움직이는 나는 아침 시간부터 최대한 몸이 깨어 있어야 하고 생동감 있게 보여야 하는 의무가 있다. 시청하는 사람들은 비몽사몽 이더라도 내용을 전달하고 프로그램을 이끌고 가야하는 나는 털끝까지 깨어있어야 한다.

그래서 생각해낸 게 바로 분장실 운동법이다.

분장실에 들어가자마자 라디오를 크게 틀고 몸풀기와 동시에 화장 기초 단계를 시작한다. 이럴 때는 밸리 댄스와 요가 기본동작을 습득한 게 얼마나 큰 힘이 되는지 모른다. 뭐든 배워두면 언제든 꼭 활용하게 되어있음을 다시금 실감케 한다.

하루를 준비하는 아침의 한 시간! 아침 분장실에서 보내는 시간이 바로 이 한 시간인데, 메이크업 베이스, 파운데이션, 아이섀도, 아이라인, 마스카라, 립스틱과 볼 터치 등 화장을 하는 내내 분장실 운동이 시작된다.

흔들림에도 상관없는 파운데이션 바르는 시간에는 허리 돌리기, 등 근육 펴기 등의 운동을 하고, 눈썹을 그릴 때는 앉아서 한쪽을 그리고 난 다음, 일어서서 또 한쪽 그리고 다시 앉아서 왼쪽 눈썹의 면적을 채우고, 오른쪽 눈썹 면적 채우고를 반복한다. 앉았다, 일어섰다 사이에 쉬는 타임이 있어서 쉬울 거라 생각할 수도 있겠지만, 이게 은근히 운동이 된다는 사실!

세심하게 해야 하는 아이섀도, 입술 라인 메이크업은 앉아서 하지만, 이때도 쉬지 않고 복부 운동을 병행한다. 하나, 둘, 하나, 둘, 심호흡하면서 말이다.

분장실에서는 다른 프로그램을 모니터할 수도 있다. 이렇게 이중, 삼중의 효과가 있으니 몸은 바빠도 분장시간이 즐거울 뿐이다.

아나운서의 화장은 분장 수준이다. 아무래도 두꺼운 파운데이션 때문일까? 얼굴에 얇은 가면을 하나 덧씌운 느낌이라, 분장을 마치고 나면 그 어느 때보다 자신 있게 웃을 수 있다.

물론 그 가면을 최상의 상태로 고치고 고정하는 데에 땀나는 노력을 들여야 하는 건 말할 것도 없다. 문제는 지우는 데에는 그만큼의 공을 들이지 않는다는 것인데, 한 번은 이런 일이 있었다.

아무리 화장발이라지만, 눈을 가로 0.5mm, 세로 0.6mm 확장할 수 있는 건 바로 속눈썹이다.

내가 즐겨 사용하는 건 펄럭이는 태극기처럼 깜박거릴 때마다 동네 파리, 모기 쫓아낼 만큼 강력한 힘을 자랑하는 23호 속눈썹이다. 이 것은 아이라인을 굵게 잡아주기 때문에 기초 공사로 잘 덮어줘야 자연스럽게 보인다.

그러나 이렇게 공들여 시공해도 방송이 끝나면 가장 먼저 손이 가고, 쥐어뜯게 되는 것이 이 속눈썹이다. 이거 떼 본 사람은 알 것이다. 그 개운함과 편안함을.

그날도 역시 나는 방송을 마친 뒤 다른 것보다도 속눈썹 제거 작업부터 신속히 마치고 집으로 퇴근했다.

문제는 마주치는 모든 사람, 특히 엘리베이터를 같이 탄 주민들의 표정이 영 이상했다. 대체 왜 이런 눈빛들이지? 영문을 몰랐던 나는 답답할 수밖에. 그러나 곧 엘리베이터 거울을 통해 답을 찾을 수 있었다.

속눈썹을 뗀 자리가 하얗게, 아주 하얗게! 한 번도 밟지 않은 눈길처럼 선이 생긴 게 아닌가! 역시 아는 사람만이 아는 그 허전함과 민망함……. 귀가를 서두른 탓에 꼼꼼히 살펴보지 않은 게 화근이었다.

그날 이후 나는 속눈썹 제거 후에는 렌즈 없는 안경을 써서 아이라인 자리를 은폐했다. 두꺼운 안경테가 아이라인을 가려주기 때문이다.

예전에 방송국에 화재경보기가 울린 적이 있었다. 그전에도 몇 번 울린 적이 있어서, 고장이 났나 했는데 뉴스 스튜디오 옆방에 불이 붙었던 것이다.

매캐한 냄새와 함께 하얀 연기가 모락모락 피어오르는 비상 상황이었다.

이때 내가 가장 먼저 챙긴 건 바로 화장품이 담긴 가방이었다! 지갑, 핸드백, 서류도 아닌 이 화장품 가방. 다른 건 없어도 화장 없이는 출연이 안 된다. 아마 출연이 된다 하더라도 스스로의 의기소침함이 얼굴에 드러나지 않을까.

특히 화장품 가방에 달린 거울을 보지 않고 화장하는 건 있을 수가 없는 일이다. 다행스럽게 불은 일찍 진화됐지만, 화장품 가방을 신줏단지 모시듯 들고 현관 앞에서 불이 꺼지기를 기다렸던 걸 생각하면 지금도 웃음이 나온다.

소방대원이 물었다. 도대체 그게 뭐기에 소중하게 들고 있냐고.

나는 말 대신 눈빛으로 대답했다.

'저는 화장품 가방 없으면 안 돼요! 대한민국 화장품 산업의 발전을 열렬히 응원하는 사람이 접니다.'

이 화장 때문에 당황스러웠던 적도 있다. 한 번은 스튜디오에서 갑자기 콧물이 주르르 흘렀다. 코피가 아니어서 다행이기도 했지만(예전 아침 뉴스에서 해설자가 갑자기 코피를 흘렸던 방송 사례가 있어서), 휴지가 없어 긴급 처방 가능한 것을 찾다 보니 분첩이 눈에 띄어 얼른 닦아낼 수 있었다.

문제는 분첩에 묻어있던 가루분이 코에 하얗게 묻어나는 것도 모르고 진행을 이어갔던 것이었다. 잠시나마 띠리리리 영구 앵커로 변신해 버렸다! 화장은 나를 든든하게 만들기도 하지만, 이렇게 조마조마하게도 만든다.

그러고 보니 요즘에는 별로 없지만, 옛날에는 방문판매로 화장품을 판매하는 분들이 많았다. 내가 어릴 적 보았던 방문판매 언니는 정말 환상이었다. 매끄럽고 티끌 하나 보이지 않는 하얀 피부에, 마사지할 때 춤추듯 움직이는 화려한 손놀림까지! 그들은 대가의 풍미가 느껴지는 사람들이었다.

어린 나는 그걸 보면서 느꼈다.

"화장품 판매하는 언니들의 피부가 좋은걸 보니, 저건 피부가 하얀 사람만이 하는 직업이구나"라고.

그렇다. 그때는 그 두꺼운 파운데이션의 힘을 몰랐던 것이다. 물론 이제는 파운데이션의 놀라운 힘을 안다. 깨순이가 별명이었던 내가 지금은 '맨들맨들' 하다 해서 맨드라미가 된 것도 이 놀라운 파운데이션의 힘이다.

대개 아나운서들은 화면발을 세우기 위해 남들 쓰는 자연스러운 화장품보다는 두터운 커버력을 자랑하는 분장용 화장품을 쓰게 되는데, 이게 잡티 커버에는 최고다.

언제나 늘 깔끔한 메이크업을 하기 위해 덧칠을 해대는 나로서는 얼굴의 점과 주근깨의 정체를 알리기가 쉽지 않았다. 바로 이 분장용 화장품 덕이었다.

그런데 어느 날 갑자기 방송국에서 일찍 출근을 해달라는 호출을 받았다.

늘 정돈된 모습만을 보여주던 나로서는 순간 고민이 들기도 했지만, 어쩔 수 없었다. 긴급 호출이니! 부랴부랴 맨얼굴에 머리 질끈 동여매고 회사로 달렸다. 하지만 그 아침 나는 회사 정문에서 제지를 당하고 말았다.

"누구십니까? 이 아침에…… 신분증을 보여주셔야죠? 막 들어가시면 어떡합니까?"

"……네? 저 김…… 태…… 은인데요."

"네? 이게 누구…… 전북 2누에 6***번! 앗 이런 죄송합니다. 근데

태은 씨 몰라보겠네요…… 하하.”

놀라운 파운데이션 힘을 그때 깨달았다. 이후 나는 늘 입버릇처럼 이야기한다. 이 세상에서 제일 고마운 것 중 하나가 화장품이라고.

그래도 화장의 두께 여부를 떠나 지방에서는 지역 분들이 많이 알아본다. 아무래도 방송을 21년 동안 해서 그럴 것이다. 누군가가 우스갯소리로 수도꼭지처럼 틀면 나온다고도 말했다. 여태 한 방송을 합하면 벌써 퇴직했어야 한다고 할 정도로 자주 나오니 말이다.

TV 프로그램 방송과 뉴스를 20년 넘게, 여기에 라디오 <김태은의 가요뱅크>는 15년이 넘은 고정적 프로그램이다. 뉴스를 틀면 김태은 얼굴, 라디오를 틀면 김태은 목소리, 얼굴은 어렴풋해도 목소리로 알아보시는 분들도 꽤 많다.

때로는 알아보지 않으셨으면 좋겠다고 생각할 때도 있다.

금암동 KBS 새벽 근무 시절 이야기다. 어쩌다가 차를 회사에 두고 오게 되는 날은 택시를 타게 될 때가 있는데, 그 새벽에 목적지를 금암동 KBS라고 주문하면 ‘누가 이 새벽에 방송국에?’ 하면서 어떤 기대감을 품고 돌아보신다.

그래서 나는 되도록 회사 앞에 있는 교회에 가자고 말한다. 남들이 보면 새벽기도 가는 줄 알겠지만 내려서 더 걸어야 하는 상황이 발생해도 그게 더 편하다. 그런데도 왠지 음색이 좀 들어본 듯하다면서 백

미러로 날 쳐다보는 기사님도 있는데, 그럴 때 나는 눈을 아래로 내리깔고 기도하는 것처럼 행동한다.

내가 왜 이랬을까? 바로, 화장을 안 했기 때문이다. 화장하면 자신감이 생기고 그렇지 않으면 한없이 움츠러드는 나. 차마 그 새벽에 선글라스를 낄 수는 없다. 아마 풀 메이크업을 하면 자신 있게 목적지를 KBS라고 하게 될까?

지금은 KBS가 효자동으로 옮겨, 마주한 경찰청으로 가자고 한다. 여전히 고개를 숙인 채 말이다. 과거에는 기도하는 것처럼 보이고, 지금은 죄 짓고 불려가는 것처럼 보이고. 맨얼굴은 이래저래 내 고개를 절로 숙이게 만든다.

이중적인 여자

여름. 갈수록 날은 푹푹 찌고 머리 관리도 힘들어지고, 화장만으로는 이미지를 제어하기 힘들어지는 때가 온다. 아무리 머리를 예쁘게 꾸미고 바꿔 보아도 아나운서가 할 수 있는 머리는 한정되어 있다.

생각해보니 아나운서들이 자주 질문받는 것 가운데 하나가 머리 길이나 모양에 관한 것이다. 왜 외국의 여성 앵커들처럼 세련되게 머리를 기르지 않느냐는 것과 왜 우리나라 아나운서들은 죄다 한결같이 짧은 머리 아니면 단발머리냐는 것이다.

그렇다. 나도 회사 들어오기 전에는 아나운서만의 머리가 마음에 안 들었다. 왜 천편일률적으로 같은 스타일을 고수해야 하는지, 아나운서는 개성도 없는지, 획일적인 패션까지 추구해야 하는지 불만이 있었다.

하지만 막상 화면을 통해 헤어스타일을 보면 실제와 다르다. 그것도 아주 많이! 그래서 어쩔 수 없이 과장되게 부풀려야 했고 짧게 손질해야 했다. 안 해본 머리가 없다. 앞머리를 엄청 살린 오징어 머리, 짧은 양파 머리 등 신기한 머리는 죄다 해봤다.

그러고 보면 참 '방송 머리'라는 것이 희한하다. 차분하게 드라이 손질을 하면 비 맞은 장닭처럼 나오기도 하고, 머리카락 색이 차분한 검정 계열이면 화면에는 답답해 보이고, 한 올이라도 삐죽 튀어나오면 덜 떨어져 보이게 나오고…… 뭐 그렇다.

이렇게 저렇게 다 해봤지만 역시 '방송 머리'는 깔끔한 게 제일이요, 단정함이 최우선이다. 뉴스를 할 때에는 늘 스프레이와 꼬리빗을 들고 다닌다.

이런 나도 그 머리 모양이 너무나 지겨울 때가 있다. 그리하여 일탈을 시도했다. 방송에만 깔끔하게 보이면 되겠다 싶어 지금 나는 용감하게 머리를 기르고 있다.

이걸 가능하게 해준 것이 바로 신비의 노란 고무줄이다! 김밥을 포장할 때나 서류 뭉치를 묶을 때 혹은 파마할 때 쓰는 그 고무줄 말이다. 알고 보면 별거 아니다. 하지만 나에게는 기적의 고무줄이다.

아침 방송 때는 고무줄로 묶은 머리를 하고, 저녁 방송이나 어린이 프로그램, 야외방송을 할 때에는 머리카락을 풀어헤친다.

프로그램에 따라 다른 모습으로 출연하는 그 희열! 경험해 보지 않은 사람들은 모를 것이다.

어떤 분은 도대체 뭐가 가발이냐고 물어보시기도 하는데, "긴 머리가 제 머리고 짧은 머리는 고무줄로 묶어서 만드는 머리입니다!"라고 이제 자신 있게 대답해 드릴 수 있다.

고무줄만 있으면 머리 모양 변화작업을 충분히 할 수 있다. 고무줄이 아니더라도 마땅한 자신만의 아이템이 있다면 가능하다. 미용실 출입이 7, 8년 정도 된 사람이라면 충분하다. 약간의 눈썰미와 손재주만이 필요할 뿐이다.

이 자리를 빌려 제 전속 A 미용실 유 원장님 고맙습니다! 그리고 긴 머리 손질하느라 고생이 많은 점장님께도 감사! 아니 이런, 어느새 미스코리아 멘트가.

Anyway, 나는 오늘 아침도 노란 고무줄을 손목에 걸고 스튜디오로 향한다. 팔색조 머리카락 변신을 위해서.

온전히 내 머리만 나오지는 않는다. 내 머리를 드러내는 만큼 남의 머리, 즉 가발도 심심찮게 쓰기도 한다.

어느 날은 뉴스준비 하다말고 갑자기 호출이 들어왔다. "오늘 뉴스 일찍 들어갑니다!"

놀란 나는 눈을 크게 뜨고 머리부터 살폈다. 아직 가발을 쓰지 않았다는 게 기억났다. 부리나케 스튜디오로 내려가 가발 뒤집어썼는데, 그 속도가 기네스 도전을 방불케 할 정도로 빠르고 절도 있었다.

도착하자마자 뉴스 PD 하는 말,

"곧 들어갑니다! 갑자기 뉴스가 일찍 끝난다고 하니까 일찍 들어가야 해요. 준비는 이제 되신 건가요? 아니면 다음 아이템에서 갈까요?"

나는 가발을 주섬주섬 정리하면서 대답했다.

"아니…… 저, 으음…… 잠시만요…… 핀 좀 찔러주고요. 자, 들어갑시다!"

"아, 숨 좀 고르고 가셔도 되는데……"

"됐어요, 그냥 가죠. 기사 다 나가게 하려면 지금 가야잖아요! 갑시다. 난 준비됐어요,"

"자, 그럼 갑니다. 큐!"

그렇게 뉴스를 무사히 끝마쳤다. 이 모습을 뉴스 수화 선생님이 다 지켜보고 있어서 얼마나 부끄럽던지.

나는 소곤소곤 귓속말로 이미지 수습을 했다.

"흐흐. 방송이 이렇게 번갯불에 콩 볶듯이 이럴 때도 있어요. 봐도 못 보신 겁니다! 들어도 듣지 않으신 거구요. 아셨죠?"

수화 선생님이 그러셨다.

"네. 저만 이야기 안 하면 되는 거죠?"

"말씀하셔도 돼요. 호호."

마음 편한 건 역시 내 머리를 지지고 볶는 것이다. 꼭꼭 숨겨라 머리카락 보인다. 긴 머리는 놔두고 옆머리 선만 단발로 잘랐기 때문에 긴 머리카락이 보이면 뉴스 진행을 못 한다.

뉴스 진행 때에는 단발머리, 프로그램 진행 때에는 긴 머리. 봄에 변화를 주고 싶은데 용기가 나지 않는 긴 머리 어머니들에게 이 '김태은 표 조각 커트'를 강력히 권해본다. 일단 해보시라니까요, 하면 편해요!

싫증난 커트에 질린 분들은 이중 커트로 변화를. 물론 저도 이중적으로 산다는 것을 잊지 마세요. "나 이중적인 여자야!"

19금 차

다른 연예인들을 보면서 부러운 게 하나 있었다. 바로 그들이 타고 다니는 그 큰 차, 일명 밴이라고 하는 것.

넓은 차 안에서 음식도 먹고 영화도 보고 옷도 갈아입고 발 쭉 뻗고 잠도 자고 그야말로 이동하는 간이침대다. 대개는 인원수가 많은 가수나 이동이 많은 배우가 사용하지만, 공간이 넓다는 이유 하나만으로 방송일 하는 사람에게는 여러모로 편리하다.

사실 나는 아나운서지만, 지역 행사에서 방송 진행까지 하다 보니 의상을 빌리고, 반납도 하는 참으로 연예인 못지않은 활동을 하고 있다. 아나운서에게 방송국 스튜디오가 가장 넓은 무대라고 생각하면 큰 오산이다. 그래서인지 나 또한 그들과 같은 넓은 공간의 차가 필요했다.

하지만 그런 차는 내 능력상 한 20년 일해야 살 수 있을 것 같으니 일찌감치 꿈 깨고, 그냥 나의 작은 차가 연예인 밴이려니 생각하고 타고 다닌다. 그렇게 타다 보면 이 작은 차 안에서도 밴 못지않게 많은 일을 처리하고 해낼 수 있다. 탈의도 마찬가지다.

드레스를 입고 진행해야 하는 행사가 있었다. 문제는 운동장 전체를 무대로 만들어, 미처 탈의실 공간을 만들지 못한 것이었다.

하는 수 없이 내 애마를 이용하기로 했다. 차에서 드레스 속치마에, 일명 뽕(!) 브래지어에, 스타킹까지 주섬주섬 챙겨 갈아입었다. 여기까지는 순조로웠고 어느 밴 부럽지도 않았다. 행사도 별 탈 없이 끝냈다.

어느새 밤이었다. 행사가 늦게 끝난 데다 비가 온 관계로 서둘러 옷을 갈아입고 진흙탕 운동장을 빠져나오기에 바빴는데, 아뿔싸 그것이 사건의 발단이었다.

그날 밤 내린 비 때문에 차가 몹시 더러워져서 아침 일찍 세차장에 차를 맡기고 오후에 찾으러 갔는데 세차장 아저씨의 눈빛이 예사롭지 않았다.

아무것도 모르는 나는 의아하게 여기며 세차가 다 되었는지 물었다.

"사장님, 세차 다 됐나요? 차가 많이 더러웠는데, 정말 수고하셨어요."

"예, 뭐 좀……(더듬는 말과 수상하게 보는 눈초리)"

평소와 다르게 행동하는 그분의 모습을 이상하게 여긴 나는 차를 가져와서 주차하는 중에 화들짝, 아주 화들짝 놀랄 수밖에 없었다!

뒤집어 까진 드레스용 뽕 브래지어와 돌돌 말아진 스타킹 한 짝이 뒷좌석에 가지런히 놓여있는 것이 아닌가.

그 옆에는 이런 메모도 있었다.

'좁은 차에서… 아무튼 이게 우리 아나운서님의 것이 아니길 바랍니다.'

나도 모르는 사이 내 차와 허물이 19금이 되어버렸다. 나도 모르게 쪽지에다 대고 열심히 변명을 해보았다.

'에고, 에고…… 사장님 이거 제거 맞구요. 아니 정확히 말하자면 저한테 대여된 드레스 숍 물건이고요…… 그러니까 행사 진행 보고 나서 후다닥 옷을 갈아입는 바람에…… 비도 오고 드레스가 젖어서…… 구시렁구시렁.'

그러나 아무리 마음속으로 변명을 해봐도 이미 나를 단단히 오해한 그 눈초리는 거두어 낼 수 없었다. 그렇다고 찾아가서 두 손 잡고 "그게 아니라요. 저의 허물 벗은 흔적입니다(?)"라고 변명할 수도 없는 노릇.

정말이지 울고 싶어라! 그렇지만 여전히 차 속 분장실은 거부할 수 없는 유혹이다. 그래서 전보다는 조금 더 조심스럽게, 그리고 나름대로 정리 비결을 가지고 탈의하고 있다.

차 안은 의상 갈아입기 더없이 좋은 곳이다. 목적지로 이동하면서 분장도 할 수 있으니 시간을 아끼는 데에 그야말로 최적의 장소다. 약간 좁지만 탈의에 큰 제약을 주는 것도 아니니 차 속에서의 변신도 분장실에서의 변신만큼 완벽하다.

　그날은 춘향제 행사 진행을 위해 어여쁜 한복으로 의상을 갈아입는 날이었다. 5월의 햇볕은 따스했고 차 속은 조금 덥다 싶을 만큼의 온도였지만 모든 것이 알맞았다.

　조수석에는 저고리, 버선, 비녀, 속치마, 겉치마 등등이 입는 순서대로 준비돼 있었다. 나는 기분 좋게 의상을 갈아입었다. 오늘 진행 순서를 되새기며 한 손으로는 휴대전화로 통화를 하고, 다른 한 손은 꽃버선을 신었다.

　절대로 서두르지 않았다고 생각한다. 차곡차곡 챙겨 입고 대기실 쪽으로 가기 위해 내리는 순간, 참으로 시원하다는 느낌을 받았다. 더없이 상쾌하고 다리에 스치는 치맛자락이 솜 같이 보드라웠다. 나도 모르게 오월의 바람은 참으로 시원하구나 하는데 덩달아 엄습하는 허전함.

　"춘향이들 참 예쁘네, 안녕하세요? 정말 예뻐요! 제가 오늘 진행……."

　그런데 춘향이들 나를 보는 시선이 오묘했다. 웃음과 놀라움과 경악이 공존하는 그 표정. 아, 그 허전함은 이것이었다.

　연분홍 한복이 콘셉트였던 그날, 나는 하얀 속치마 위에 고운 저고리를 입고 끝! 하고 당당히 나타났던 것이다. 속치마 입고 겉치마 입는 것이 순서이거늘 임의대로 겉치마를 삭제한 것이다.

춘향이 선발대회여서 다행이지 이도령 선발대회였다면 참으로 거시기 할 뻔했다고 웃었다. 이게 다 전신을 비춰볼 수 없는 차의 부작용이라고 말하고 싶지만, 그날의 부주의는 처음이자 마지막이었다.

이렇듯 차 속에서 의상을 갈아입을 때, 특히 한복은 꼭 한 번의 순서 복습이 필요하다. 지금도 급한 야외 행사나 방송을 나갈 때는 두고두고 곱씹는다. 빼먹지 말란 말이야!

천 벌 받은 여자

아나운서의 패션에 대한 궁금증 중에 가장 많은 지분을 차지하는 것은 단연코 '옷의 소유' 여부다. 나 또한 꽤 많은 사람에게서 "아나운서는 옷이 그렇게 많나요?" 하는 질문을 받아왔다.

의상이 수시로 바뀌기 때문에 그게 다 아나운서의 옷인 줄 알고 부러워함과 동시에 부담스러워 하시는 분들이 많다. 그러나 아나운서는 공수래공수거다. 의외로 자기 것이 없다는 말이다.

물론 개인적으로 보유하고 있는 방송적합용 옷도 있지만, 매일같이 갈아입을 수 있는 일 년 분의 옷이 다 있을 수는 없다. 의상은 대개 협찬을 받는다. 예전에는 직접 골라서 빌려 입었고 빌리러 갈 시간이 없을 때는 간간히 내 옷과 섞어서 입어왔다. 지금은 일반 프로그램 같은 경우, 상대 진행자와의 조화를 고려해 코디가 준비한다.

난 여러 종류의 프로그램을 넘나들며 방송 진행을 하기 때문에 많은 의상을 필요로 한다. 그렇다고 프로그램할 때마다 옷을 사 입지는 않는다. 내가 지금껏 빌려 입은 옷만 따져도 수 천 벌이다. 그야말로 '천 벌 받은 여자'라고나 할까?

방송에서 의상이 차지하는 비중은 생각보다 크다. 의상은 프로그램의 분위기를 보여주고 표현하는 수단이 된다.

매일 다른 구성과 기회로 꾸며지는 프로그램에 어울리는 옷을 입는 기술이 필요하다. 그래서 아나운서들의 책꽂이에는 시사잡지, 영자신문 뿐 아니라 패션잡지도 필수다.

이를테면 어린이 프로그램 진행 때는 밝은 색상과 귀여운 느낌의 주름장식이 달린 혹은 리본 달린 의상을 입어주는 게 좋다. 어린이 눈에 더 돋보이기 위해서다.

뉴스 진행 때는 적절히 색상을 안배해가며 입어주는 것이 효율적이다. 너무 튀는 빨간색이나 어두운 검정은 되도록 피하며, 입더라도 자주 입지 않아야 한다. 왜냐하면 튀는 의상은 몇 번 안 입었음에도 맨날 입는 것처럼 싫증을 쉽게 일으키기 때문이다. 게다가 의상이 너무 튀면 기사 내용에 집중하기 힘들다는 큰 단점도 있다. 뉴스 진행 때는 차분한 녹색계열 의상이나 갈색계열, 파스텔톤을 입도록 하고 있다.

아침 뉴스 시간에 밝은색 의상은 안정감과 동시에 화사함을 주기 때문에 시청자들이 원하는 밝은 분위기를 충족시킨다.

가끔 이런 걸 궁금해하는 분들도 있다. 뉴스 때 바지는 어떤 걸 입고 하는지. 사실 뉴스 때는 상체만 보이기 때문에 아래쪽은 본인들의 의상을 입는다. 남의 옷 입고 오래 앉아있으면 불편하기도 하고 옷에 구김이 가니, 그냥 상의만 협찬받고 하의는 본인들이 편한 걸로 입는다.

결론적으로 방송 의상은 대부분 협찬을 받는다고 할 수 있다. 다행히 아나운서가 입은 의상에 대한 반응이 좋으면 의상실에서는 매출로 이어지기 때문에 협찬도 잘 들어오는 편이다.

이 정도면 '저 (의상) 천 벌 (협찬) 받아도 마땅' 하지 않습니까?

내 팬인 듯, 내 팬 아닌, 내 팬 같은

예전에 한창 유행이었던 병이 있다. 사람들이 모두 자신만 바라보는 것 같은 착각에 빠진 사람을 일컬어 왕자병, 공주병 환자라고 불렀다. 조금 더 널리 보면 자매품 도끼병도 있다.

그러나 요즘 이것보다 더 무서운 병이 있다. 그건 바로 필통병이다. 모두 다 자신의 펜(팬)이라고 생각한다나?

사실 아나운서마다 정도는 다르지만 약간씩 이 증세가 있다. 시내에 나가면 먼저 알아보고 웃으며 인사해주는데, 이 호의들이 우쭐한 마음을 만든다. '아, 날 알아보신 게로군. 기억해 주시네. 고마운 일이지 그럼 나도!' 이러면서 다 내 팬이려니, 하게 된다.

그러나 이 중 요즘 유행하는 말로 '내 팬인 듯, 내 팬 아닌, 내 팬 같은' 분들이 존재했으니……

입사하고 2년쯤 지났을 때였다. 특집 쇼 프로그램 녹화를 마치고 의상을 빨리 반납하기 위해 분장한 채 의상실로 향하고 있었다.

시내 중심가에서 어떤 아주머니 한 분이 눈을 아주 동그랗게 뜨고 나를 향해 눈웃음을 치는 게 아닌가. 심지어 위아래를 훑어보면서 박수까지 치며 좋아하시는 것이었다. 당연히 묘한 고양감과 함께 필통병이 발동할 수밖에.

'훗, 저분이 날 알아보셨구나.'

분장을 지우지 못해 화려한 화장이 조금 부담스럽긴 하지만, 저렇게 좋아하시는 걸 보니 영락없이 내 팬인 듯싶었다. 자신감이 고취된 나머지 사인 요청을 대비해 사인펜 위치를 뒤적이는데 그 순간!

아니나 다를까 그 아주머니가 나에게 달려오시더니 손을 덥석 잡으시는 것이다.

그리고 아주머니가 말했다.

"어머나! 정말 반갑네요."

"아휴, 네네. 고맙습니다. 이렇게 반가워 해주시니! 네 저 김태은입니다. 사인 해드릴……"

그런데 아주머니 내 말을 끊으신다.

"아가씨 이름까지는 필요 없고 나랑 같이 가지 않으려우?"

"네? 아, 네…… 저기 근데 차까지 마시기는 제가 시간이 좀……."

"아니…… 잠깐이면 되는데. 저기 있잖우? 내가 요 밑에서 화장품 가게를 하나 차렸는데 메이크업을 잘하는 아가씨가 필요했어요. 이

아가씨가 딱이네! 화장 잘 먹었구먼. 본인이 한 거 맞지? 아이섀도 색감도 아주 좋아. 나랑 같이 일할 생각 없수?"

머리를 아이섀도로 맞은 듯 띵했다. 칭찬이라면 칭찬인데, 날 보고 웃는다고 그게 다 내 팬이 아니었던~ 것이었던~ 것이다!

그날 이후 나는 이 말을 기억한다.

주고받는 미소 속에 딴생각 품는 시청자 있다네.
웃어준다 하여 다 내 팬일쏘냐! 동상이몽! 바로 내 이야기였다네.

미리 10년을 준비

비싸게 샀는데 남들이 비싸게 봐주지 않는 것처럼 속상한 일은 없다. 반대로 싸게 샀는데 남들이 비싸게 봐주는 것처럼 신나는 일도 없다.

돈 들이지 않고 멋쟁이가 되는 방법은 의외로 간단하다. 멋쟁이 친구들과 친해지면 된다. 내 스스로의 센스가 부족하다 생각되는 경우, 주변에 센스 있는 친구의 곁에서 그 센스와 멋 부림을 배우면 되는 것이다.

그렇게 그들의 패션과 메이크업을 의식적으로 따라 하다 보면 나에게 어울리는 것을 찾을 수 있게 된다. 멋을 배우는 과정 중 하나다. 물론 수정과 변화 없는 답습은 좋지 않으니 지양해야 하지만 말이다.

친구들끼리 하는 작은 이벤트도 멋 정보를 교환하는 데에 아수 좋다. 이를테면 벼룩시장 같은 작은 이벤트를 여는 것이다. 멋쟁이 친구들 옷장에는 멋진 옷들이 많다. 그것을 교환하면 저렴한 가격에 센스 있는 아이템을 일명 '득템'할 수가 있는데, 나도 적게는 3, 4천 원, 비싸게는 7천 원으로 구입한 적이 있다. 새 옷 가격보다 엄청 저렴하게!

친구들끼리 옷을 그냥 주고받으면 잘 입지 않게 된다. 그래서 적은 돈이라도 값을 지불하는 것이 좋다. 천 원, 이천 원이라도 돈을 주고받아야 입게 된다.

방송인 같은 경우에는 협찬처 직원과 친하게 지내면 협찬의상이나 철 지난 옷(2, 3년 지난 옷)을 85~90%까지 저렴하게 구입할 수 있다. 마음에 드는 옷이 있다면 이럴 때 구입한다(의상 협찬받을 때 아나운서들은 옷에 냄새가 밸 것을 염려해 향수를 잘 뿌리지 않는다).

화장품은 샘플 화장품을 섞어서 잘 쓰고 있다. 비싼 것보다 나에게 맞는 화장품이 좋은 화장품이라는 걸 알기 때문이다. 광고에 나오는 대기업 제품이 아니더라도 저렴한 것 중에서 좋은 것들은 참 많다. 4, 5천 원짜리 색조 화장품도 즐겨 쓰는데, 가격 상관없이 나에게 맞으면 무조건 쓴다.

저렴한 화장품은 모험하기에도 좋다. 잘만 찾으면 명품 화장품 못지않게 쓸 수 있다. 또한 저렴하기 때문에 이것저것 부담 없이 시험해 볼 수 있다.

전속 방문 판매원이 주는 샘플을 모아서 크림 한 통 완성하는 일도 즐겁고, 스킨 샘플들을 빈 통에 모아 담아 하나의 완제품을 만드는 것도 즐겁다. 바르는 즐거움, 모으는 즐거움!

화장에서 자외선 차단제를 바르는 단계가 중요하다는 건 아시는 분들은 다 알고 있는 이야기이다. 최근 들어 언론에서도 자외선 차단제를 바르는 게 어떤 효과를 가져다주는지 종종 다루고 있고, 올바르게 바르는 법 또한 소개하고 있다.

그래서 나는 피부에 신경 쓰는 여자분들에게 묻곤 한다. 꾸준한 자외선 차단제 사용과 아침 세안 시 귀 올리기 운동, 피부 터치 법 등 일상생활 중 간단하게 할 수 있는 관리법들을 꾸준히 해왔는지 말이다.

나는 건강한 세안법과 자외선 차단제 바르기를 빠뜨리지 않는다. 휴일 근무 몇 번 빠지는 것 외에는 거의 매일 자외선 차단제를 꼼꼼히 바른다.

지속적으로 자외선을 쬔 피부가 그렇지 않았을 때보다 더 노화된다는 사실이 자외선 차단제의 중요성을 말하고 있다.

나의 출근 가방을 열어 보면 휴대전화 배터리와 USB, 실핀, 볼펜, 사인펜, 립스틱, 이어폰, 그리고 자외선 차단제가 들어있다. 구강청결제와 미니어처 향수, 미니 칫솔, 머리 고무줄, 다른 프로그램에서 사용할 액세서리 여분이 있지만 그 중 자외선 차단제가 제일이다.

아나운서는 항상 단정한 외모를 유지해야 한다. 신뢰는 말에서도 나오지만, 겉으로 보이는 이미지로도 잡을 수 있다. 그렇기 때문에 나는 내가 전달하는 모든 정보와 소식이 탄탄한 신뢰 위에서 정확하게 받아들여질 수 있도록 매일 긴장하고 다듬는다. 그 결실은 하루 아침에 일어나는 기적이 아니라, 꾸준한 살핌과 노력에서 기인한다.

그래서 나는 말한다.

지금부터 준비하시길. 앞으로 10년 후 그 차이가 확연하게 보이게 될 테니 말이다.

내가 말하고 싶은 방송인의 자세는 이렇다.

점핑 (Jumping) : 도약하는

래핑 (Lapping) : 공작물의 표면에 연마제를 치고 정밀하게 다듬는 작업

펌핑 (Pumping) : 펌프의 손잡이를 상하로 되풀이하여 움직이는 일

방송인은 이렇게 핑핑핑 돌아가야 한다.

점핑처럼 좀 더 나은 모습으로 기운을 올리고 도약하는 변신의 자세도 필요하고

래핑처럼 정밀하게 다듬어 완성된 모습도 보여야 하고

펌핑처럼 끊임없이 나의 일을 사랑하고 힘듦을 들키지 않아야 한다.

핑핑핑 돌아야 하는 게 바로 우리, 방송인이다!

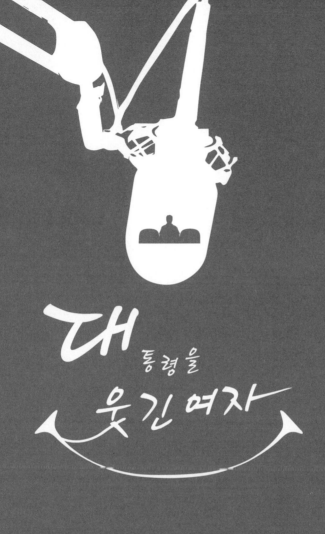

대 통령을
웃긴 여자

5부 시청취자들

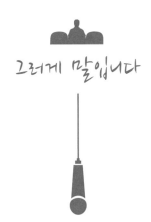

그러게 말입니다

방송도 서비스직이라면 서비스직이다. 특히 아나운서들은 매일 수시로 중요한 시각에 수천만 명의 사람들을 마주하는 일을 하기 때문에 이런저런 항의도 받게 된다. 이런 항의들은 대단히 날카롭고 합리적이기도 하지만, 가끔 떼쓰는 것처럼 억지를 부리는 경우도 더러 있다.

이를테면 "오늘 의상이 맘에 안 든다, 그게 뭐냐", "머리스타일 바꿔라. 촌스럽다", "아니, 왜 선물이 도착하지 않는 거냐", "화면이 잘 안 나온다", "비가 오니 우울한 뉴스 소식은 방송하지 말아라" 이렇듯 방송에 지장 없이, 개인적인 취향에 따른 항의도 곧잘 온다.

이런 항의성 민원 전화에는 그들의 기분을 거스르지 않으면서, 맞춰주는 방향으로 얘기를 해야 한다. 시청자가 속상함을 토로하면 같이 속상해하고, 마법의 말인 "그러게 말입니다"로 맞장구를 쳐주면 어느 순간 상대방의 볼륨이 낮춰진다. 잔뜩 흥분했던 이들이 진정되는 것이다.

이런 항의성 전화 말고도 방송국에 걸려오는 전화는 여러 유형이 있다.

첫 번째 유형은 콧바람 형이다.

"네, 감사합니다. KBS입니다."

수화기 너머로 엄청나게 센 콧바람 소리가 들린다.

"……흐…으……흐."

"여보세요? 말씀하세요."

"……흐으……흐으……"

뭔가가 묻어나는 듯한 느낌의 콧바람 소리와 함께 별다른 말없이 통화가 종료된다. 의외로 싱거운 축에 속한다.

두 번째 유형은 잘 나가다가 뒤통수치는 유형이다. 예의 있게 시작하여, 흥분으로 끝나는 전화다. 처음에는 조리 있고, 뚜렷한 목적이 있는 말이었다가, 말미에는 벼랑으로 빠진다.

"네, 안녕하십니까? KBS입니다."

"아 네, 수고 많으십니다. 방송국이죠? 저는 KBS 열렬한 팬입니다."

"네, 고맙습니다."

"그런데 죄송하지만 부탁을 해도 될까요?"

"네, 말씀하세요."

여기까지는 좋다. 그러다 갑자기 전화한 목적이 툭 튀어나온다.

"(대뜸)야! 궁예가 지금 뭐하는 거여. 죽으려고 환장했어? 왕건이는 또 뭐하는 짓이여 시방~ 쟤네 삐삐번호 대봐."

부탁이 아니라, 분노 표출이다. 서두에 정중하게 부탁을 깔기에 정말 부탁을 하는 줄로만 알았던 입장에서는 당황스럽기 그지없다. 그러나 드라마 등장인물에 대한 비난은 수신자에게 가해지는 원색적인 비난보다는 거북하지 않다. 오히려 귀여운 축에 속한다.

세 번째 유형은 밤이 무서운 형이다. 밤에 걸려오는 전화를 말하는데, 첫 번째 유형과 합작으로 나타날 때가 많다. 어떻게 보면 밤이 무서운 것이 아니라, 밤이 외롭거나 밤에 잠이 없는 유형이 아닐까 싶다.

"네, KBS 방송국 입니다."

"아저씨, 방송국 직원이에요?"

"네, 그렇습니다. 왜 그러시죠?"

"참나, 아저씨도. 왜 그러긴요. 아저씨는 밤이 무섭지 않아요? 방송국은 사람이 많죠? 난 밤이 무서워요. 아저씨 나랑 말벗 하지 않을래요?"

사람이 많은데 전화 말벗이 따로 필요하랴. 정말 별별 사람이 다 있다. 방송국에 전화해서 돈 좀 꿔달라는 사람이 있지 않나, 연예인과 만날 수 있게 다리를 놔 달라고 하지 않나, 가족 모임에 비디오 촬영을 해달라고 하지 않나 희한한 부탁을 하는 분들은 생각보다 참 많다.

가끔 생각해 본다. 이런 이야기들을 정말 들어줄 거라고 생각하면서 전화를 거는 건가, 그저 '아니면 말고' 식의 찔러보는 전화일까.

하지만 그 가운데서 가장 기억에 남는 시청자의 전화도 있다. 당시 금 모으기 방송을 할 때였다. 우리나라가 외환위기로 어려움에 빠져 국민이 열렬한 정성을 모으고 힘을 모으던 때였는데, 방송국에 항의 전화가 잇따르는 것이었다.

이유인즉, 진행자가 손가락에 금반지를 차고 있으니 빨리 진행자부터 빼야 한다는 것!

순간 망치로 머리를 얻어맞은 듯했다. 마땅한 답변을 찾지 못해 온몸을 엄습하는 그 답답함이란. 어떻게 말해도 변명이 될 것만 같았다. 그동안 전화를 걸어온 시청자들의 전화와는 달리 그분의 말은 진지하고 예리한 지적이었다.

팔이 안으로 굽는다고 했던가. 일단 나는 진행자의 편에 서서 둘러댈 수밖에 없었다.

"선생님. 저 진행자가 끼고 있는 반지는 금반지가 아니라 도금된 14K입니다. 저건 가지고 가 봤자 금 모으기에 접수가 안 되는 금이거든요. 노여움 푸세요."

어찌어찌해서 그분의 화를 좀 풀어드렸지만 참 많은 반성을 하게 되는 전화였다. 우리도 사람인지라 가끔 사소한 것은 건너뛸 때도 있고, 나 자신에게는 관대해져 보지 못하고 넘기는 것들이 많다.

하지만 그분 말이 옳다. 진행자는 본인이 먼저 모범이 되어야 한다. 그 진행자는 그걸 깨닫고 손가락에 끼고 있던 반지를 빼야만 했다.

(후문으로 18K였다고…)

시청자들의 전화가 장난 전화일 경우는 무척 많다. 하지만 이렇게 뼈에 사무치게 가르침을 주는 전화도 있다. 합리적인 지적을 깨닫기 위해서라도 밀려드는 장난 전화도 놓치지 않고 받으려고 노력하고 있다.

나는 종종 말하곤 한다.

"저희가 잘못하면 전화주세요. 대신 숨만 쌕쌕 쉰다거나, 연예인 전화번호를 알려 달라거나 무턱대고 사랑한다거나 이런 전화는 싫습니다."

그런 의미에서 알려드리죠. KBS 전주 방송총국의 대표전화는 063-270-7100입니다.

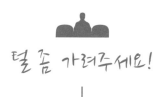

털 좀 가려주세요!

나는 먹지 못하는 음식이 많지 않다. 음식을 가리지 않고 섭취하는 편인데 이런 나에게도 취약한 음식이 있다. 그것은 바로 복숭아다. 알레르기 때문에 만지지도 못하고, 털만 닿아도 온몸이 근질근질해진다. 그러다 보니 복숭아 들어있는 봉투만 만져도 움찔움찔하기 마련이었다.

그런데 희한하게 먹기는 잘 먹는다. 사람들은 어떻게 그런 알레르기가 다 있냐고 묻지만, 비밀은 복숭아 '털'에 있다.

<6시 내 고향>에 참여한 지 4년쯤 되었을까. 각 지역의 특산물을 소개하는 시간에 전주의 특산품으로 복숭아가 등장했다.

복숭아 과수원에서 촬영해야 하는데 나는 복숭아 털 알레르기가 있어서 다른 사람으로 대체해 달라고 부탁하려는 찰나였다. 담당 PD의 "태은 씨가 분위기를 띄어주지 않으면 안 된다"는 그 달콤한 꼬임에

넘어가 이를 악물고 촬영을 강행했다.

물론 그날 벅벅 긁어대느라 피부가 벗겨지고 난리가 났다. 너 아니면 안 되겠다는 그 말에 다음에는 못 찍겠다는 말을 하지 못했다.

담당 PD의 다급한 요청이 시초였다.

"저기 태은 씨! 우리 중계차가 잡혔어. 복숭아 내용으로 말이야! 내가 태은 씨 상황을 아니까, 이번에는 과수원이 아니라 넓은 동물원에서 할게. 부탁이야! 복숭아 과수원 아니니까 괜찮지?"

당연히 나는 망설일 수밖에 없었다. 내 온몸이 가려운 것은 둘째 치고 그것 때문에 다른 방송에 차질을 빚으면 어떡하나, 라는 고민이 들었다.

그러나 고민은 길지 않았다. 나는 프로다! 아이템을 가려가며 방송할 수 없기 때문이다.

"그래도 복숭아 아이템인데…… 복숭아를 안 보이는 곳에 놓을 수 있겠어요? 복숭아만 제 옆에 놓지 말아주세요. 그리고 털 날리지 않도록 해주세요!"

그렇게 신신당부를 하고 나서 현장에 도착했다. 그런데 이게 웬일이란 말인가. 복숭아밭은 아니었지만 복숭아밭을 연상케 할 만큼 쫘악 깔린 복숭아 상자들! 다행히 빈 상자인 듯했지만 이때부터 불안감이 슬금슬금 엄습해왔다.

그래도 다행인건 진행자석이 복숭아 상자에서 멀리 떨어져 있었다는 점이었다. 여기까지는 좋았다. 담당 PD가 외쳤다.

"생방송 스탠바이! 5분 전입니다. 3분 전입니다. 1분 전입니다."

이 말이 떨어짐과 동시에 복숭아 상자를 죄다 진행자석 가까이에 끌어당기는 어르신들.

"어르신들 왜 상자를 옮기시죠?"

그중 한 분이 복숭아 상자를 활짝 열어 보였다. 이거 웬걸. 빈 상자인줄 알았는데 아니었다. 상자 가득 복숭아가 담겨 있었다. 어르신들은 이렇게 말했다.

"아이고. 아나운서 양반 옆에 놔야 우리 복숭아가 보일 것 아니여! 우리 마을 복숭아 끝내줘! 이따 우리 복숭아 화면에 크게 보이게 잡아줘야 혀~~잉?!"

그야말로 Oh my g.o.d!

방송 1분 전, 이러지도 못하고 저러지도 못하고 이게 웬 날벼락인가 싶었다.

이미 30초가 지났다. 머릿속은 멍하고, 피부는 일제히 '일어섯' 준비를 하고 있었다. 마이크를 잡지 않은 다른 한 손은 손톱을 세우고 가려운 곳을 향해 출동할 태세를 마쳤다.

일촉즉발의 상황.

"자 방송 시작 스탠바이 넘어옵니다~ 큐!"

결과적으로 방송은 잘 되었다. 아주 티 안 나게. 하지만 내 온몸의 피부는 아주 티 나게 부어올랐다. 옆에만 있었는데 왜냐고 반문한다면…… 어느 할머니께서 막판에 당신 마을 복숭아가 시간에 쫓겨 소개되지 못할 것 같으니, 아예 내 손에 복숭아를 얹어주셨다. 그 복숭아가 나에게는 아주 치명적이었다.

그 이후로 나는 며칠간 아니 몇 주간 복숭아의 '복'자도 듣기 싫어했다. 복길이가 나오는 〈전원일기〉도 안 봤을 정도로 말이다.

생활의 발견

사람들은 겨울에 내리는 눈을 보면서 저마다 눈과 자신의 생활이 관련된 무언가를 떠올린다. 이럴 때 애청자들의 반응은 참으로 다양하다.

길보드 차트 리어카 아저씨는 눈에 어울리는 노래를 찾게 된다.

연인들은 "자기야! 눈이다 우리를 위한 눈 같지? 그냥 오늘은 맞으면서 걷자구!" 하며 꼬옥 팔짱을 낀다.

3살 된 아이가 있는 애 아빠는 '으이구, 아들놈이 또 나가자고 하겠구만, 눈사람 만들어 달라고!' 하고 생각한다.

잠시 휴가 나온 군인은 이렇게 말한다. "휴, 다행입니다! 우리 동기들은 말입니다. 지금 말입니다. 발바닥에 땀이 나게 일하고 있을 겁니다. 눈 치우는 게 보통 일이 아닙니다."

공무원은 '내일 아침은 몇 시에 제설작업 불려 나가려나' 하고 한

숨을 쉰다.

해마다 <찬바람이 불면>이란 노래가 생각나는 겨울이 온다.

"찬바람이 불면 내가 떠난 줄 아세요~"

하지만 방송국에서는 찬바람이 불면 꼭 하는 방송이 있다. 바로 <이웃돕기 성금 모금> 방송이다. 그간 참 많이도 했다. 금 모으기, 이웃돕기, 수재민 돕기, 양수기 보내기, 119구조대 돕기, 헌혈하기, 결식아동 돕기, 북한 동포 내의 보내기 등등⋯⋯. 전라도 말로 겁나게 했다.

아나운서인 우리는 이런 방송에서 늘 같은 모습이다. 단정한 옷차림에 우수에 젖은 눈빛으로 여러분의 정성을 바란다고 외치는 모습. 이렇게 프로그램 진행을 해도 예전처럼 많은 분이 성금 하러 방문하지는 않는다. 사회가 각박해져서 그런 건 아니다. ARS 시스템이 잘 되어 있어서인지 집에서 전화로 참여하는 분들이 더 많아진 것이다.

찬바람이 불던 어느 겨울이었다. 전주 시내 모처에 나가 성금 모금을 하고 있었는데, 생각보다 성금 기탁자가 너무 없었다. 불본 이른 시각이라 그랬는지도 몰랐다. 아침 8시부터 누가 찾아올까? 그래도 한두 명 솔선하는 기탁자들이 있어야 망설이다 따르는 사람들이 생기는 법. 뭔가 튀는 모습이 필요하다고 생각이 들었다.

"맞아! 쇼킹함을 주자!"

나와 남자 후배는 튀는 복장을 하기로 했다. 담당 PD에게 산타 복장을 구해달라 하여 각자 산타 할머니와 산타 할아버지 분장을 하고 성금 모으기에 나선 것이었다.

결과는 엄청난 호응! 생각보다 반응이 정말 좋았다. 우리는 신이 났다. 성금에 참여하는 시민이 줄줄이 이어지고 있었다. 우리의 모습을 보면서 재미있어하시는 분들이 한데 어우러져서 기탁하자는 분위기를 이끌어낸 것이다. 방송이 연결되기 전까지 우리는 노래도 부르고 그야말로 흥에 겨웠다.

문제는 그다음이었다. 튀는 상황이 발생했다. 아마 일반 시민들은 별 신경 안 쓰셨을 수도 있다.

잘 놀던(!) 후배의 말 한마디에 주변 제작진들이 일시에 멈췄다.

"네, 추운 날씨에도 불구하고 많은 시민이 참여해주고 계십니다! 어려운 이웃을 위한 여러분의 정성 기다립니다. 자! 다음 손님 모시겠습니다!"

다음 손님?

나이트클럽에서나 들을 만한 멘트가 튀어나왔다. 진지한 방송에 오락성을 가미했던 터라 그것만으로도 마음에 걸렸던 차에, 부적절한 멘트가 들어가 버린 것이다. 순간 당황스러웠지만 웃기기도 했다.

물론 시청자들은 별로 신경 쓰지 않고 들으셨을 것이다. 물건을 구입하지는 않지만, 뿌듯함과 사랑을 구입하는 손님도 손님이니까.

결과적으로 튀는 복장과 튀는 진행 덕분에 성금액수가 많아 좋았지만 다음부터는 튀는 복장 잘 하지 않는다. 왜냐, 그 분위기에 휩쓸려 또 이상한 멘트가 나올까 봐!

그렇지만 이 개그 본능을 숨길 수 없어 이따금 다른 멘트를 생각한다.

"김태은과 이웃돕기 성금 함께하고 계십니다. 네! 지난 번에 그 손님 또 오셨군요. 성금은 현찰로 하실래요? 카드로 하실래요?"

떨리세요?

생방송에 출연하게 되면, 나타나는 증상은 다양하다. 성별, 직업, 나이, 그리고 어느 시간대 방송이냐에 따라 천차만별이지만, 공통점은 떨지 않는 사람은 없다는 것이다. 그러나 실수를 했다 하더라도 얼른 평정심을 되찾아야 한다. 그렇지 않으면 다음 진행이 힘들어지기 때문이다.

일단 아침 생방송 출연 섭외를 받게 되면 백 퍼센트의 확률로 그 전날 다리 뻗고 편안히 잠들지 못한다. 새벽에 몇 번씩 깨거나 잠을 설치는 경우가 많은데 다들 그러하시니 너무 걱정할 필요가 없다.

이럴 때는 가슴이 두 근 반, 세 근 반 방망이질 하는 상황을 대비해 청심환을 준비해 놓는 게 좋다. 천천히 심호흡하면서 심박수를 가라앉히는 것 또한 도움이 된다. 그러나 그렇게 해도 긴장이 되고 다리가 떨리기 시작하면 카메라와 방청객의 눈이 사랑하는 사람이라고 생각하거나 편안한 장소라고 상상해 보는 방법도 있다.

어차피 걱정은 비슷비슷하다. 남들이 볼까 봐, 혹은 버벅거릴까 봐, 아니면 화면에 크게 나올까 봐 등등의 이유다.

출연자들의 가장 잦은 실수나 오해는 바로 마이크다. 마이크를 노래방에 있는 것과 착각하고 손잡이에서 버튼을 찾는다.

'무선 마이크'라고 마치 다이너마이트처럼 네모난 줄 달린 것을 허리춤에 차고 방송하기도 하지만, 가끔 핸드 마이크를 쓰게 되는데 대부분 출연자들이 버튼을 찾는다.

다시 한 번 강조하자면 방송국 마이크와 노래방 마이크는 다르다. 방송국 마이크에는 스위치가 없다.

다음으로는 내가 화면에 어떻게 나올지 궁금한 분들의 어색한 시선 처리가 뒤를 잇는다. 본인 얼굴이 크게 나올까 봐 자꾸 모니터 화면을 응시하는데, 잘못하면 뱁새눈이 된다. 스스로를 모니터링 하려다 눈이 쫙 찢어져 보이는 불상사가 생겨버린다.

머릿속이 하얗게 되면서 외운 것조차 생각나지 않고, 아는 것도 잊는 일 역시 모두 다 겪는 증세이다. 이럴 때는 진행자가 나의 친구라고 생각하는 게 좋다. 어차피 사전 숙지를 통해 나의 이야기를 잘 알고 있는 사람이기 때문이다. 옆에 앉은 진행자는 충실한 도우미가 돼 줄 수 있다.

진행자의 할 일은 바로 그것이다. 수월하게 답변할 수 있게 키워드를 떠올리도록 핵심단어를 던진다. 가령 여고 시절 이야기 중 친구와의 여행을 이야기 하려 했다면 "가방은 왜 싼 거죠?"라고 질문을 던지는 식이다.

혹 이야기가 나오지 않더라도 진행자는 손동작, 발동작을 동원해서라도 힌트를 주니 걱정은 붙들어도 좋다.

어느 날은 출연자가 긴 머리를 짧게 잘랐다는 사전 인터뷰 내용을 끝내 이야기 안 해서, 귀밑에서 가위질하는 손동작을 열심히 했던 적도 있다.

격한 감정 변화를 내보이는 출연자도 있다. 드물지만 우는 사람들이다.

이럴 때는 출연자뿐만 아니라 나이 들수록 상대의 아픔이 나의 아픔처럼 느껴지는 나도 함께 눈물 흘리는 경우가 생긴다(저 나이 들었나봐요. 남들이 울면 그렇게 따라 울어요. 따라쟁이가 되었네요).

반면 방송에서 우등생, 모범생도 있다. 원고대로만 공부한 출연자는 진행자가 질문지에 나오는 대로 하지 않으면 당황한다. 원고는 생방송 진행 흐름을 참고 하라고 정리해 놓은 것뿐이다. 답답하게 생각하지 말고 머리를 비우고 마음 편히 방송에 임하면 된다.

어차피 답변이 부족하면 진행자가 다시 질문을 한다. 진행자를 믿고 같이 가면 된다.

그렇지만 그렇게 말했음에도 원고대로 외워오는 출연자들이 꼭 있다. 그것도 초특급 대하드라마 주인공 분량의 원고를 말이다. 아주

위험한 일이다. 왜냐면 생방송에서 진행자가 살짝 말만 바꿔도 흐름을 못 잡고 혼란스러워하기 때문이다.

한 예로 아침 생방송에서 추가적인 질문이 필요해서 질문을 했다가, "그건 질문에 없었던 이야기라서 할 말이 없네요"라고 하는 바람에 당황했던 적이 있다.

이제는 나도 비결이 쌓여 원고대로 외워서 방송하는 분들에게는 방송에서 그냥 말씀드린다.

"정한 대로 잘 외우셨어요! 셋째 줄 두 번째 단어만 빼고 다 맞게 외우셨어요. 띄어 읽기도 잘 하셨구요!"

별수 없다. 위트는 진행자가 챙겨야지!

말의 힘

말 한마디로 천 냥 빚을 갚는다는 말은 만고불변의 진리다. 나아가 말의 힘만으로도 돈을 벌 수 있는 경우도 있다.

고가의 실크 의상을 입고 녹화를 할 때였다. 순간 실수로 옷에 구멍이 나는 대형사고가 발생했다. 그렇지 않아도 첫 협찬처라서 코디가 조심하라고 신신당부했거늘 무대에 튀어나와 있던 못에 걸리고 만 것이다.

하얗게 질린 코디. 하얗게 질린 나. 대개 이런 경우에는 해당 옷을 사거나 협찬처에서 불량 반품 처리를 해주기도 한다. 하지만 첫 협찬처에 반품을 요구하기란 어려운 일이었다. 첫 번째 방법으로 구입할 생각을 하니, 아라비안나이트 바지 스타일이라 두 번 다시 입을 옷은 아니었다.

결국 본사에 직접 전화를 걸어 이야기하기로 했다.

나는 심호흡을 하고 진심을 담아 사실을 전했다.

"제가 좋아하는 브랜드 ○○○ 홍보실인가요? 정말 사랑받는 디자인이 많네요! 마케팅 능력 대단하시네요!"

그렇게 시작된 통화, 그리고 긴 통화 후 코디에게 문자를 보낼 수 있었다.

'의상은 본사로 반품처리 하는 걸로!'

다른 사람을 기분 좋게 하는 말이 나를 살린 것이다.

하지만 나와 반대인 경우도 많다. 후배는 뉴스 진행 중 옷에 볼펜을 묻혔다. 사이즈도 크고 중후한 나이대에 어울릴만한 옷을 사게 되었다면서 눈꼬리를 내렸다.

내가 말로 돈을 번 사연은 또 있다.

남편을 전주역에 데려다주는 저녁 길이었다. 비는 부슬부슬 내리고 밤길 운전에 트라우마가 있는 나로서는 조심할 수밖에 없는 때였다. 신호를 잘 지키고 정지선을 지키려는 마음에 살짝 뒤로 후진하는데 그때 들리는 쿵 소리!

귀신에 홀린 것도 아니고 뒤에 아무것도 없는데 이게 무슨 소리인가.

그런데 이런 나를 놀리듯이 소형차에서 내리는 할아버지와 할머니. 맙소사! 왜 어째서 뒤에 있는 차가 보이지 않았던 걸까?

비는 내리지, 날은 어둡지. 당황스럽고 놀란 마음에 비상등을 켜고 일단 후다닥 내렸다. 남편은 나보다 더 놀란 눈이었다.

나는 내리자마자 할아버지, 할머니의 손을 잡고 "어디 다친 곳 없으세요? 정말 죄송합니다, 저희가 미처 두 분의 차를 보지 못했네요. 정말 죄송합니다"라고 안부를 물었다. 그리고 곧바로 사고 처리를 위해 할 수 있는 최선의 말을 건넸다.

"어머니 괜찮으세요? 어디 안 다치셨어요? 아버님은요? 충격은 없으셨나요? 차에 문제 생기면 바로 연락주세요."

곧바로 연락처를 넘겼다. 그분들의 대답은 잠시 후 돌아왔다.

"난 괜찮아. 당신도 괜찮지? 아암, 아무렇지 않네. 차 긁히지도 않았네. 뭐 살짝 쿵 했는데, 뭐 그냥 가쇼!"

나는 한동안 그분들이 그 상황에서 그렇게 빠른 결론을 내려주신 것에 대해 분석을 했다.

만약 내가 "당신들 잘못이에요. 왜 조명등을 안 켜놓으셨어요?", "차 간격은 유지한 건가요? 우리는 잘못 없습니다.", "왜 그랬어요?", "이 양반들이 조심할 것이지!"

첫마디가 이런 식이었다면, 감정이 확 상하지 않았을까. 절대 괜찮다는 대답은 나오지 않았을 것이다. 나는 진심으로 그분들을 걱정하고 안심시키려 했을 뿐이다.

나를 알아보고 그런 거 아니냐고 묻는 사람이 있을지도 모르겠지만, 그건 절대 아니다. 맨얼굴에 안경 썼는데 무슨!

춘향아 춘향아

자신감 넘치는 춘향이들의 시대다. 이제는 당당함이 춘향 진이 되는 비결이다. 20년 전만 해도 "이 도령이 과거 급제에서 계속 떨어진다면 춘향으로서 어떻게 할 것인가"라는 질문에 "끝까지 뒷바라지해서 과거 급제시키겠다"고 말한 후보에게 가산점이 주어졌지만, 2015년은 다르다. "도련님 우리 같이 기술을 배워요"라고 대답한 후보에게 높은 점수를 수는 시대가 되었다.

KBS 〈춘향 선발대회〉는 이제 어느 미인 대회보다도 역사와 전통을 자랑하는 대표 미인선발대회로 자리한 프로그램이다.

1994년 입사한 해 춘향제 시상식 사회를 시작으로 춘향 선발대회 진행 및 전야 축하쇼 진행까지, 많은 춘향전 행사와 인연을 맺어 왔다.

해마다 춘향 선발대회 선발자들과 〈아침마당 전북〉을 통해서 만났으니, 역사로 따져 진행에 있어서만큼은 '월매' 급으로 등극한지 오래다.

춘향 초대석 진행을 해마다 하고 있는데 한번은 OX 퀴즈를 냈다. "춘향이는 부모님을 닮아서 예쁘다?"라는 질문이 나왔다. "아니 그럼 옆집 아저씨 닮았겠어요?"라는 애드리브로 받아치기도 했다. 이런 식으로 기상천외한 갖가지 아이디어를 짜내 해마다 다른 느낌의 오프닝 소개 멘트를 연구하고 있다.

방송 오프닝은 함께 진행하는 교수님과 그냥 즉석에서 만들어서 하는데, 이런 식이다.

박 교수님(이하 박 MC)
"계절의 여왕 5월입니다. 여왕을 뽑는 대회하면 춘향 선발대회죠. 김태은 아나운서는 춘향과 무슨 관계가 있지 않나요?"

태은
"네, 이 자리를 통해 솔직히 말씀드려야겠네요. 그러니깐 제가 이래 봬도 1994년 미스 춘향 선발대회 진…… (순간 객석 눈 똥그래진다)을 단독 인터뷰한 사람입니다. 하하하. 이렇게 말씀드리고 나니 속이 다 후련하네요!"

박 MC
"아 네, 아무 관련이 없군요."

관련이 꼭 없다고는 할 수 없다. 나 정도면 명예 춘향이 정도는 되지

않을까? 많은 분들이 박지영, 오정해, 윤손하, 이다해, 장신영, 유소영 등 유명 연예인들이 춘향 선발대회 출신이라는 것은 알고 계실 터이다.

2001년 71회 춘향 선발대회를 남자 후배와 같이 진행하게 됐는데, 당시 여자 진행자 쪽은 장신자 후보를, 남자 후배는 변다해 후보 인터뷰를 하고 있었다.

변다해 후보는 외국 생활을 해서인지 영어로 자기소개도 잘하고 무척 밝고 당당했던 후보로 기억한다. 그렇게 주거니 받거니 인터뷰하는 동안 내가 진행하는 쪽 한 후보가 이렇게 물었다.

"저기요, 언니. 저에게 뭐라고 질문하실 거예요?"

엥? 복화술이었다. 입을 벌리지 않고 입꼬리는 그대로 올린 채, 이야기하는데도 내 귀에는 들렸다. 나는 그녀에게 시선이 가고 이름을 보게 되었다.

"아, 장신자 후보. 쉬운 거 질문 할게요."

복화술로 이야기하는 그 후보가 내게는 참 선명한 기억으로 남아 있다. 시간이 지나고 보니, 글쎄 그 후보가 지금의 연기자 장신영이었다.

선명한 기억 속의 그대

방송 생활 21년. 아이가 태어나서 성인식을 치를 나이의 세월이 지난 만큼 많은 이들과의 만남과 헤어짐을 기억한다. 기억에 남는 분들을 떠올리자면 끝이 없지만, 그래도 세월이 지나도 잊지 못하는 잊을 수 없는 분들이 더러 있다.

마이크 취재 하면서 만나게 된 청취자 커플이 있다. 2000년쯤이었을까. 15년 전 일이지만 선명히 기억난다. 나의 조언을 받으면서 녹음을 한 커플이었기에.

그들은 결혼하고 싶은 헤어 디자이너 커플이었다. 그러나 남자의 직업이 헤어 디자이너라는 이유로 반대하는 아버지 때문에 고민하고 있었다. 우리는 방송의 힘으로 아버지를 설득하기 위해, 되든 안 되든 해보자며 녹음을 시작했다.

나는 남자 디자이너가 하고 싶은 이야기의 핵심을 듣고, 핵심 단어를 제시해 주었다. 사랑, 용기, 희망을 다 말하면 된다고. 그리고 여행도 보내드리겠노라고 약속하라고.

그렇게 아버지를 향한 리허설이 시작되었다.

"안녕하세요, 아버님. 이 방송을 듣고 계시면 좋겠습니다. 저는 지금 여자친구를 무척 사랑합니다. 결혼하고 싶습니다. 물론 나이 차이도 많고 제 직업을 맘에 들어 하지 않는다는 것 잘 알고 있습니다. 하지만 저는 자신 있습니다. 군대도 건강한 몸으로 잘 다녀왔고, 실력을 인정받아서 빠르게 디자이너로 입문했습니다. 빠른 시일 내에 부모님 외국 여행도 시켜드릴 자신 있습니다. 아버님, 저를 사위로 인정해주세요. 이렇게요? 어떤가요?"

"잘하셨어요. 자, 그럼 녹음 버튼 누릅니다."

"잠시만요. 적어서 할게요. 다 못 외워요."

"연습 때는 이렇게 잘했으면서 무슨 말씀을, 그냥 할게요."

"적어서 할게요. 틀리면 안 되니까."

"안 돼요. 적어서 녹음하면 경찰청 사람들처럼 어색해져요. 정 그렇다면 필요한 단어만 적어서 말씀하세요. 떨리는 숨소리도 나고 한숨소리도 들어가 줘야 느낌이 살죠. 라디오 방송은 호흡 소리마저도 감정 전달이 됩니다. 자 크게 숨 쉬고 제가 그 아버지라고 생각하고 말씀하세요."

그리고 그 커플은 무사히 녹음을 마쳤다. 결과는? 모두의 예상대로다!

어린이 합창단에서 활동하던 아이가 내가 진행하는 어린이 프로그램에 참여하면서 방송인이라는 꿈을 키우고, 마침내 방송인이 된 경우도 있다. 멘토가 되어준 내게 고맙다며 인사를 받았을 때의 보람은 말로 표현할 수가 없다.

명절 때만 고향 전주를 찾는 분이 텔레비전 뉴스에 나오는 나의 모습을 보면서 아직도 그 자리에 있어 줘서 고맙다고 할 때는 뿌듯함과 묘한 감동도 있다. 전주 톨게이트를 지나 호남 제일문을 볼 때와 뉴스에 나오는 나의 모습을 보면 전주에 온 것을 실감한다고 말한다.

내 편 들어주는 청취자들도 많다. 방송에서 한복차림이 어울린다는 연사의 이야기를 받아서 애드리브를 쳤을 때였다.

"아, 그런 이야기를 많이 해주시는데요. 저는 그랬던 것 같아요! 한복이 유난히 편하고 궁궐이 낯설지 않고 궁을 바삐 다니던 모습이…… 음 빗자루만 보면 막 쓸고 싶고…… 저는 전생에 무수리였나 봅니다."

당연히 유머러스하게 생방송에서 말한 것인데, 우리 가뱅 팬 바로 답 문자를 보내오셨다.

"태은 씨, 숙종 임금이 무수리였던 숙빈 최씨를 간택해서 조선왕 중에서 재임 기간이 제일 긴 영조를 낳았어요. 태은 씨는 보통 무수리가 아니었을 겁니다!"

저런! 오락을 교양으로 받아주시는 애청자님. 역시 제 편에 서 있는 제 팬이십니다.

'고맙습니다! 그렇지만 오락은 오락으로! 너무 교양으로 받지 맙시다!'

이처럼 21년 동안 방송 생활 하면서 응원해주는 우리 시청취자들이 나의 든든한 지원자들이다. 언제나 내편이 되어주는 시청취자가 가족처럼 가깝게 느껴지기도 한다.

성실함과 정직함으로 어렵게 버텨왔던 농가가 〈6시 내 고향〉 방송 소개 후, 빗발치는 문의전화로 부농이 되었다는 소식 또한 보람 있던 일 중 하나다.

만나지 못했던 가족을 〈아침마당 전북〉 방송을 통해 찾게 되었다는 제2의 이산가족 상봉소식은 말할 것도 없다.

갑자기 생방송 중에 화장실 가겠다며 카메라 앞을 지나가시는 어르신, 시간상 마무리해달라는 손 사인을 더 하라는 말로 알아듣고 분량 넘치게 말씀하시던 모임 회장님, "진행자는 가만히 있어 보세요!" 하면서 역사와 전설 등의 옛이야기를 쏟아내던 단체 총무님!

물론 애청자로서 너무나도 관심이 지나쳐 아침 뉴스 캡처 사진과 더불어 '나의 아내 김태은에게'라는 글로 큰 봉투가 매일 배달되었던, 무서운 애청자에 대한 기억도 빼놓을 수 없다.

그중에서도 뭐니 뭐니 해도 팬을 넘어 가족이라 부를 수 있는 분들은 지금까지 가족처럼 지내는 〈김태은의 가요뱅크〉 K(김태은) G(가요) B(뱅크) 팬들이다.

우울증에 시달렸다가 가요뱅크 프로그램을 접하면서 카페회원으로 활동을 시작, 마침내 건강을 회복했다는 짝꿍 님, 어머니를 도와 화훼 농장에서 일하다가 방송국에 문자 보내면서 농장 작업장 고정 방송 프로그램으로 듣는다는 안젤리나졸리 님.

우연히 보낸 문자에 아나운서가 친절히 답 문자 보내준 게 고마웠다며 그 계기로 주파수를 고정했다는 송회장&순주 부부 님.

현숙의 〈훌라 훌라〉 성대모사에 반해서 누구 흉내까지 내나 볼까? 하다가 왕 팬이 되었다는 간장게장, 이장, 만루 홈런, 진안짱, 파랑새, 훈태, 철이, 무사고, 가뱅 장학생 허동규 님.

사과밭에서 일할 때마다 웃게 해줘서 고맙다며 옥수수 2망을 보내주신 참새미 님과 돼지 키우면서 농장에서 가요뱅크 듣다가 어느덧 딸 넷 아빠가 되었다는 농장지기 님.

아이들이 좋아하는 노래, 부모님 좋아하는 노래, 학창시절 추억의 노래까지 장르 경계가 없는 다양한 음악 선곡에 반해서 가족 모두 팬이 되었다는 별비체 님.

아이가 어린이집 다닐 때부터 함께하다 보니 어느덧 초등학교 학부형이 되었다는 마돈나 님, 방송 덕분에 젊어지고 있다는 환갑 지난 젊은 왕언니들, 60대 연자 님과 산소 님.

김치 좋아한다는 저 때문에 김장 때마다 김치 배달 오고 싶다는 노을, 미향, 처음처럼, 들꽃, 레몬, 쉬는시간 님. 멀리 섬에서도 좋은 음악 듣게 해주고 따뜻한 이야기 해줘서 고맙다는 선유도 님.

태은 씨 방송 옷은 걱정 말라며 사이즈 하나밖에 없는 신상품 의상

도 팍팍 협찬해주는 주보래 님! 등등

　아직 다 나열하지 못한 분들이 많다. 라디오 애청자들과의 끈끈함은 글로 표현하기 힘들 정도다.

　매일 한 시간 동안 만큼은 하나의 마음으로 같이 이야기를 나누고 음악을 듣는다. 이렇게 맺어진 동지애를 느껴 보지 못한 사람들은 결코 알 수 없다.

　전주총국 77년 개국 특집 인터뷰 촬영 중 이렇게 오래가는 비결이 무엇이냐는 질문을 받았다. 나는 친근함과 익숙함이라고 답했다. 자주 보고 자주 들으니 남 같지 않게 되었고, 그래서 점점 더 찾아주고 사랑 주시는 듯하다고!

　방송이라는 건 외면당하는 순간 무서우리만큼 빨리 잊혀지고 마는데 우리는 가족처럼 잊지 않고 서로 챙겨주기 때문에 오래가는 비결이 되고 있다. 쌍방향 소통이 장수 비결이다.

　나는 오늘도 가족처럼 지내는 우리 가요뱅크 애정자늘과의 이야기와 추억을 만들어 간다. 아니 또 만들러 간다!

미우러니 고우러니 베스트 오브 베스트

정말 재미난 이야기들, 여름특집 베스트 사연입니다. 청취자 나이 층이 30대~ 50대인걸 고려해 들어주세요. 대망의 1위 사연!

참기름 냄새 제대로 나는 신혼 3개월 차 영미 씨, 친구들 모임에서 남편과의 닭살 애정을 과시합니다.

"(코 당기면서) 아우 내가 못 살아 정말! 글쎄~ 어제 설거지를 하다가 접시를 하나 깼거든? 근데 쨍그랑 소리가 나자마자 울 신랑이 빛의 속도로 달려와서는 괜찮아? 어디 봐. 찢어진 거 아냐? 그러게 내가 뭐라 했어. 설거지는 내가 한다 그랬잖아! 빨리 저리 가서 쉬어. 놀랐지? 막 이러는 거야. 어찌나 호들갑을 떠는지 내가 다 민망하더라니깐!"

그러자 이야기를 가만히 듣고 있던 결혼 8년 차 신영 씨가 차분하게 앞일을 정리합니다.

"(심드렁하게) 그려엉! 지금이 좋을 때여. 원래 3개월 땐 다 그랴! 그러다가 너 1년 되지? 그러면 부엌에서 쨍그랑 소리가 나도 소파에 누워서 괜찮아? 묻기만 햐. 그리고 3년쯤 넘어가지? 쨍그랑 소리가 나면 왜 그래? 하면서 짜증을 내요. 다음 5년 차 부부? 쨍그랑하면, 자알 한다. 남편은 죽어라고 벌어다 주면 집구석에서 그릇이나 깨고. 하면서 시비를 걸어요. 나 같은 8년 차 부부? 부엌에서 쨍그랑은 커녕 프라이팬에 불이 붙어서 생난리가 나도 코 골고 쿨쿨햐! 좋을 때 즐겨라 앙! 얼마 안 남았어. 영미 너 지금은 하루에 열두 번씩 느그 신랑이랑 통화하지? 자기 밥 먹었쪄? 언제 왕? 이러구! 나 정도 짬밥 쌓여봐. 서로 죽었는지 살았는지 생사만 확인하고 살어. 이젠 남편이 형 같어, 그냥 형."

"(울먹울먹) 진짜야!? 어우 신영아 너, 너무 팍팍하게 산다."

"야 이제 살아봐! 그냥 가족이 되는 거여. 하긴 날 너~무 너~무 애껴 주긴 혀. 너~무 너무 애끼느라고 이젠 손도 안 대. 아주 그냥……."

이 콩트가 영예의 1위다!

이 사연이 나가고 난 후, 청취자들의 답 문자가 쇄도합니다.

다들 이렇게 사시나요?

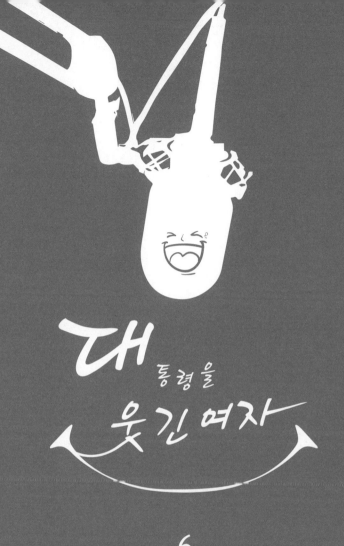

대통령을

웃긴 여자

6부 대통령을 웃긴 여자

말? 말. 말!

방송국은 드넓다. 물리적인 공간은 그저 넓고 크다고 할 수 있지만, 이 안에서 오가는 말들은 경계 없이 널리 널리 퍼져 나간다. 그야말로 망망대해라 할 수 있는데, 말 잘하고 말하는 거 좋아하는 사람들이 모인 곳이어서인지 방송국 내에서는 이런 전설이 있다.

"1층에서 한 말은 30분 안에 꼭대기 층까지 번져 간다."

참으로 공감 가는 말이다. 회사 내 소문은 삽시간으로 번져 나가는데, 생각 없이 뱉은 말이라도 그 파급 효과를 걱정하지 않으면 안 될 때가 많다.

"자나 깨나 말조심, 수그러든 말도 다시 듣자."

여러 프로그램을 하는 나로서는 다른 프로그램을 진행할 때라도 아이디어가 생각날 때마다 메모를 하는 습관이 있다. 그것이 눈에 띄는 거라면 다 해당된다. 예를 들어 뉴스 원고, 교양 큐시트, 책상 메모지, 휴대전화 메모기까지, 가리지 않고 모든 곳에 메모한다.

어느 날은 뉴스를 진행하러 스튜디오에 앉아 있는데 그날 틀고 싶은 노래가 생각났다.

마침 뉴스 스튜디오라서 휴대전화를 들고 가지 않아, 뉴스 큐시트 한쪽 귀퉁이에 〈외톨이야〉, 〈만만하니〉, 〈그건 너〉, 〈넌 그렇게 살지마〉, 〈미워 미워 미워〉 다양한 노래 제목을 적고 있었다. 그날따라 왜 이런 노래들만 생각나던지.

노래 제목 퀴즈를 위해 적었을 뿐이었다. 그런데 그 메모를 본 사람들이 요즘 무슨 힘든 일 있느냐며 조심스레 물어오는 것이다. 이때 나는 의미 없는 낙서라도 남들 눈에 띄지 않게 조심해야 한다는 교훈을 얻었다.

또 한 번은 방송 출연의 인연으로 알게 된 법무사 한 분이 음반을 냈다며 연락을 주신 적이 있었다. 내 연락처를 모르셔서 회사에 전화를 걸어와 나를 찾는 과정에서 오해가 생겼다.

개인 연락처는 쉽게 가르쳐 주지 않는 방송국의 규정상 상대방이 누구인지를 당연히 묻게 되는데 그분이 그만, "전 법무사입니다. 김태은 아나운서 연락처가 급하게 필요합니다"라고 말한 것이다(한참 후 그분은 〈아침마당 전북〉 출연자로 나를 다시 만나게 되었다).

그런데 참으로 일이 꼬이려니 이렇게 맞아 떨어질 수가! 마찬가지로

그즈음에 〈아침마당 전북〉 출연자였던 법원 직원 한 분도 전화를 주셨다.

"김태은 아나운서 전화번호를 알고 싶습니다."

"개인 정보는 쉽게 알려드리지 않습니다. 사무실 번호를 알려드리죠, 어디신가요?"

"법원입니다."

"저는 법원에 근무하는 누구입니다, 제가 이번에 시집을 출간해서요"라고 부연 설명을 조금만 해주었어도 괜찮았을 일인데, 법무사, 법원 전화 두 통으로 일순간 가정에 문제 있는 여자가 되어버렸다.

그 뒤 나는 한참을 해명하고 다녀야 했다. 저요, 아무 일 없거든요! 전라도 말로 암시랑토 안 하거든요!

결혼 전의 일이다. 사람들이 입에서 입으로 전하는 말은 풍선처럼 쉽게 부풀어 오른다. 개미 한 마리가 장수풍뎅이로 변하는 건 일도 아니다.

"어머, 어머, 있잖니. 요즘 김태은 아나운서가 어디 아프대!"

"어 정말? 애, 김태은 입원했대!"

"뭐라구? 어느 병원?"

"아니 애 낳고 회사를 그만둬?"

과연 어디까지 어떻게 소문이 났던건지……. 나도 모르는 곳에서 내 이야기가 걷잡을 수 없이 커지고 있다는 것을 나중에 알았지만, 내가 그 말을 발견했을 땐, 원래 말의 크기는 온데간데없었다. 소문 당사자는 가장 늦게 접하는 법이라 하지만, 구전이 그렇게 강력할 줄이야.

며칠 지나 어떤 아주머니가 물어왔다.

"아휴. 재주도 용하지. 붓기가 쏙 빠졌네! 어쩜 예전 모습이네요잉!"

"아니 무슨 말씀이신가요?"

"애 낳았다면서? 소문났더구만."

머리에 천둥이 쳤다. 하지만 미소를 잃지 않고 되물었다.

"그래요? 뭐 낳았다고 소문났어요? 딸이래요? 아들이래요?"

아주머니의 황당하다는 듯한 웃음이 잊히지 않는다. 잠시 방송을 비운 사이 이런 터무니없는 소문이 퍼져있었다.

종아리 보고 허벅지 봤다 하고 허벅지 보고 엉덩이 봤다는 세상이라 더니 내게도 이런 소문이 있을 줄이야! 소문은 나의 의지와 나의 해명에도 아랑곳하지 않고 떠다닌다.

그래서 이제는 귀여운 내 어린 조카도 데리고 다니지 않는다. 사람들과 마주치기라도 한다면 이렇게 외쳐야 하기 때문이다.

"민하야 이모 손잡고 가자. 이모가 뭐 사줄까? 이모랑 가야지!"

"이모 여기 있어, 이모다. 이모!"

"난 네 이모야! 이모! 너도 빨리 이모라고 외쳐!"

소문들이라는 것이 알고 보면 '소문 둘'인 경우 많다. 악의적으로 소문내는 사람과 그 소문을 듣고 퍼트리려는 사람, 그렇게 둘!

진실은 어차피 알게 된다. 소문 둘에 너무 휘둘리지 말자!

동에 번쩍, 서에 번쩍

소문은 방송국 내에서만 도는 건
아니다. 가끔은 시청자들에게서도 오해는 생긴다.

언젠가 대천에 사는 친구로부터 전화를 받았다.

"탠, 연꽃 아가씨 선발대회 사회 봤어?"

"응? 무슨 선발대회? 춘향 아가씨 선발대회 진행은 해봤지만 연꽃
아가씨 선발대회는 또 뭐라니?"

"우리 엄마가 그러시는데 네가 텔레비전에서 연꽃 아가씨 선발대회
사회를 보더래."

사실인즉슨, 그건 내가 연꽃이 피어있는 연못에서 춘향이 출신 아가
씨들과 같이 방송한 것이었다. 어머니는 자체 짜깁기 편집 기능을 작
동하고는 연꽃 아가씨 선발대회를 했다고 생각하셨다.

이 친구의 아버지 경우도 비슷했다. 그러고 보면 이 집 식구들의 공

통점이라고 해야 할까.

"탠. 혹…… 이런 이야기해도 될지 모르겠네. 너희 신랑 국제부 기자라고 했지?"

"응, 왜?"

"지금 외국에 나가 있어?"

"아니, 지금은 들어왔지. 왜?"

"그래? 이상하다. 우리 아빠가 그러시는데 조금 전에 뉴스를 보았는데 너희 신랑이 외국에 있다고 그러던데."

"아니야."

여기까지는 가끔 있는 착각이려니 할 수 있었다. 그런데 다음 말에 머리가 띵하고 한 바퀴 도는 느낌이었다.

"그런데 왜 그러셨지? 우리 아빠는 너희 신랑이 지금 포로로 잡혀있다고 빨리 국내로 들어와야 할 텐데라고 걱정하시더라."

이게 대체 무슨 말인지 싶었다. 사실은 이랬다. KBS 기자가 외국에 인질로 있던 상황이었다. 그건 많은 사람이 알고 있는 일이었다. 친구 아버지는 내 남편이 기자고 종군기자로서 해외 출장을 갔었다는 말만 기억하고, 이름 확인 없이 'KBS 종군기자 포로 잡히다'라는 헤드 카피를 보자 깜짝 놀랐던 것이다. 사람은 어떤 상황이 되면 내가 듣고 싶은 말만 듣고, 보고 싶은 것만 보고, 생각하고 싶은 것만 한다더니 그 친구 아버지도 믿고 싶은 대로 믿으셨던 것 같다.

나는 순식간에 남편의 국내 송환을 기다리는 아내가 되어 버렸다.

이렇게 말과 소문이라는 건 현재의 나를 다른 상황으로 드라마틱하게 만들어 놓기도 한다. 남의 말이라고 쉽게 하는 그 경거망동에서 소문의 단초가 마련된다. 여기에는 "아니면 말고" 하는 심리도 보태져 있으리라.

아나운서들에게 있어서도 소문이란 무서운 일이다. 의상 코디가 없던 시절이었다. 호텔과 나란히 붙어있는 백화점에 의상을 빌리러 다니던 어느 날 나는 이상한 소문을 들었다.

내 귀에까지 닿았을 땐 소문의 범위가 얼마나 넓어진 뒤였을지 모른다. 소문은 바로 내가 대낮에 호텔 출입을 한다는 것이었다. 설마 그런 악담을 하는 사람이 있을까 싶었지만, 구체적인 목격담까지 더해져 이미 거대한 소문이 되어 있었다.

백화점 주차장이 꽉 차서 잠시 호텔 주차장에 주차한 후 의상을 빌려, 백화점에서 호텔 문을 관통해서 왔건만. 분명 옷 한 두어 벌을 들거나 어깨에 걸쳐 맨 채로 왔건만. 그 모습은 전부 삭제된 채 호텔 문을 통과하는 내 모습만 소문에 오르내리고 있었다.

그렇게 보고 싶은 것만, 말하고 싶은 것만 말하는 것이 우리의 어두운 모습이다.

20년 넘게 다니는 단골 미용실이 건물 2층에 자리한 적이 있었는데, 그 건물 3층은 노래방이었다. 머리를 하러 가는 내가 대낮에 노래방 다니는 여자로 소문난 적도 있었다.

세수하며 얼굴 마사지를 하다 엄지손톱으로 목을 긁게 되었는데 무슨 자국이냐며 오해받은 적도 있다. 몸에 날아오는 벌레도 함부로 죽이지 마라! 목에 상처 나면 오해받는다.

그러나 소문의 끝판왕은 뭐니 뭐니 해도 바로 이거다!

남편과 주말부부를 오래 해서인지, 같이 다니는 모습을 보이지 못해서인지, 결혼 안 한 올드미스, 별거 혹은 이혼했다고 오해받는 경우도 있었다.

늘 주변에서 말 나오는 게 걱정돼서 웬만하면 술자리도 잘 안 하고 유흥업소 주변에는 발도 디디지 않는 나다.

어느 날은 한 노신사가 심각하게 물었다.

"김 아나는 주변에 남자들이 없어요?"

"아 네. 저는 뭐 제 일 하기도 바쁘고, 술자리를 잘 가지 않고 그래서인지 남자 직원들과 식사 자리도 별로 없네요, 호호."

그러자 그분이 조심스럽게 되물었다.

"아, 그래서…… 음…… 혹, 여자 좋아해요?"

이때까지도 영문도 모르는 나는 해맑게 대답했다.

"네. 아무래도 제 주변에는 여자들이 많지요, 왜 그러세요?"

"혹, 레즈비언이에요?"

"예?"

남자와 어울려 다니는 걸 보지 못했고, 늘 여자들과 다닌다고 그런 생각을 했다는 것이다. 생각도 참 유별나다. 이렇게 시달리다 보니 이제는 웬만한 소문에는 머리카락 한 올 흔들리지 않는다. 본의 아니게

굳세어졌다고 할까. 소문에 강한 여자가 되었다.

이 소문이라는 질긴 녀석은 결혼까지 따라왔다.

2000년 10월 1일 국군의 날이자 전주총국 개국기념일에 방송국에서 결혼식을 하게 되었다.

청첩장에 '인생 생방송을 시작하겠다'는 문구를 넣은 탓에 방송국으로 우스개 문의 전화도 왔다. "몇 시부터 틀면 나오냐?"라는 귀여운 문의였다.

결혼식 준비, 주례 선생님 섭외까지 정말 결혼 두 번 할 일 아니다 싶을 만큼 이래저래 신경 쓸 일이 많았다.

결혼식 사회는 그때 신입사원으로 전주에 있었던 후배 윤인구 아나운서가 맡았는데, 입사 후 첫 결혼식 사회라서 본인도 준비할 게 많았을 테고 나는 나대로 진행 순서 정리해 주느라 둘이 붙어 있는 시간이 많았다. 문제는 신랑보다 더 많이, 더 오래 이야기를 나누고 같이 있었다는 점이었다.

그래서였을까? 어느 날 단골 음식점에 갔는데 사장님 말씀이 "태은 씨 신랑 서울에서 잘 나오데, 윤 뭐시더라?"

공교롭게도 내 남편 성도 윤 씨다.

"보셨어요? 고맙습니다."

"여기에서보다 훨씬 잘 나오더라고. 그 뭐냐, 연예가 중계에 나오던데?"

여기서 멈칫했다.

"예? 무슨 말씀인지······."

"신랑이 윤인구 아나운서라면서? 방송국에서 결혼했고 둘이 잘 어울렸다고 하더만."

생각해보니 그럴 수도 있겠구나 싶었다. 우리 신랑도 방송국 다니는 사람에, 서울에 살고 있고 윤 씨니! 그렇게 몇 가지가 맞아 떨어지면서 화살표 연결이 잘못된 듯싶었다.

이런 식으로 오해와 소문이 만들어지는 구나!

나는 조용히 정정해 드렸다.

'인구야 미안해. 잠시나마 너와 내가 부부로 소문나게 되어서. 근데 얼마 전 청취자 문자 온 거 내가 보여줬지? 2015년 가을인데 아직도 그 소문이 있단다!'

나는 내가 오래전 여름에 한 일을 알고 있다

입사한 지 몇 년 안 된 나에게 대형 전국 방송 프로그램 진행이 배정되었다.

〈서울 국악 경연대회〉

전국 방송으로 나간다는 것만으로도 떨리는데, 생소한 국악 진행이었다. 새로운 장르를 만나는 것에 대한 설렘도 잠시, 한숨과 걱정이 교차했다. 아는 지식이 없는데 과연 이것을 어떻게 진행할 수 있을지…….

잘하고 싶은 마음은 있었지만 그 열정을 어떻게 효율적으로 풀어야 할지 몰랐다. 그래서 나는 무식하고 무모한 방법을 택했다. 빡빡하게 채워진 8페이지 대본을 외웠다. 토씨 하나 틀리지 않고 모두 다! 악기 이름, 곡명, 출연자까지 말이다.

초인적인 힘을 발휘해 기계처럼 외웠다. 어머니 앞에서 페이지를 넘기며 암기 상황을 검사받고 내 머릿속에 대본 페이지와 줄, 칸의 글씨가 둥둥 떠다닐 정도로 외우고 또 외웠다.

녹화 당일, ON-AIR 불이 켜지자마자, 지금으로 따지면 LTE 급 속도로 후루룩 속사포처럼 쏟아냈다.

그러나 정작 전국 방송이 나가던 그날, 난 얼음장이 되었다. 화면 속 나는 마치 터미네이터에 나오는 기계 같았다. 한눈에 봐도 온몸의 근육들이 굳어있고, 눈은 부릅뜨고 있으며, 움직이지 않는 시선으로 입만 움직이고 있었다. 그것도 줄줄줄 주기도문 외우듯 내뱉고 있는 모습이었다!

이럴 수가 잔뜩 긴장한 나의 모습이 너무 강렬했다. 암기한 노력이 오히려 기계 같은 멘트를 뱉게 만들어 버렸다.

그 후로 나는 절대 대본을 외우지 않는 습관이 생겼다.

핵심 단어만 암기하고, 그 단어에 살을 붙이면서 자연스러운 문장을 만든다. 정해진 원고 내용보다 애드리브를 더 강화하는데 주력하는 중이다.

다시 보고 싶지 않은 무서운 공포물!

'나는 내가 오래전 여름에 한 일을 알고 있다.'

정말 지우고 싶은 자료화면이다.

천하장사 만만세

전주, 제주, 광주가 모여서 방송하는 〈출발 삼도는 지금〉을 일명 세미 전국방송이라고 일컫는데, 이것은 전라도와 제주가 함께 삼원방송을 하는 시스템이다. 이중 나는 월요일과 목요일 메인 진행을 맡고 있었다.

내 스타일이 그렇듯 오프닝도 좀 튀고 재미있게 하고자 순간순간 애드리브를 꽤나 친다. 식상한 공통 멘트들은 이제 그만! 나는 평범함을 거부한다. 초등학교 가정 통신문 머리말 같은 멘트는 누구라도 지겨울 거다.

그렇지만 이런 나 때문에 최동석 후배는 정신을 쏙 빼고 말았다. 선배가 이끄는 대로 따라와야 하는 상황이기 때문이다.

어느 날 광주에서 소식을 전했다. 씨름선수인 어느 초등학생의 일과를 취재한 내용이었다. 여기서도 나는 멘트를 준비했다. 단순, 평범,

안정 지향으로 진행되는 지방 방송은 싫기에 재미있게 튀어보고자 해서였다. 화면이 나가는 동안 최동석 아나운서에게 저 학생을 응원하는 메시지를 시켜 달라 부탁했다. 물론 연습 때는 괜찮았다.

내가 연습한 건 바로 이거였다. 씨름 대회에서 우승자를 위한 축하 무대에 올라오는 여자. 쪽 찐 머리에 한복 입은 판소리 응원단의 그 노래.

"천하장사 만만세~~"

나는 생방송 중에 흉내 냈다! 팔을 앞뒤고 내두르면서 어깨춤까지 추면서 말이다.

너무 웃긴 나머지 동석 후배가 웃음을 참지 못했다. 후배는 다음 아이템 소개 때, 허벅지를 쥐어뜯었다고 전했다. 문제는 당사자인 나도 많이 웃었다는 거다.

재미있게 잘해보자고 해놓고 내가 그리 웃게 될 줄이야. 정말 조금, 아주 조금 창피했다. 그렇지만 시청자들의 반응은 정말 좋았다. 그러면 됐다(웃겼음 되었지요 뭐).

나는 방송에서 한 번이라도 웃기지 않으면 안 되는 사람이다. 모아둔 개그 끼가 이럴 때 터지는 것 같기도 하다. 아마 '개그 연기파 아나운서'라 그러지 않을까?

하지만 프로 방송인이라도 긴장은 한다. 능숙하게 보이고 실제로 능숙하겠지만 그것은 긴장 위에 쌓인 경험과 비결일 뿐이다. 촬영이라는 건 그 자체만으로 긴장감을 주는 작업이다.

방송 인터뷰를 위해서는 상대의 긴장도 풀어주고 기분을 좋게 해줘야 만족스러운 결과를 얻을 수 있는데, 그럴 때 내가 주로 쓰는 방법들이 있다. 생각 외로 간단하기까지 하다.

그들을 친숙한 유명인들과 연결 시키는 것이다. 예를 들어 올백 머리에 까무잡잡한 피부를 갖고 있다면, 패티 김과 닮았다거나 또는 이국적인 외모라면 미스 필리핀 출신 같다고 말해준다. 혹은 제 첫사랑과 이름이 같아서 무척 친한 느낌이라고 말하고, 전형적인 한국인 얼굴을 가진 출연자에게는 "인형 같은 외모세요. 한옥마을 닥종이 인형!"이라고 말한다. 그렇게 말하고 나면 그들 입가에 자연스럽게 미소가 번진다.

참으로 인상이 사나워 보이는 데다 방송 중에는 절대 한 마디도 않겠다며, 입 한번 뻥긋하지 않는 어르신께 "젊었을 때 동네에서 남자들이 줄 좀 섰겠어요! 지금도 고우세요!" 했더니 방긋 웃으며 방송에 적극적으로 참여해주셨다.

생방송 직전까지도 절대 본인은 이야기하지 않겠다며, 오히려 본인 나온 분량을 빼달라고 요청 하는 분께는 내가 좋아하는 가정 선생님과 완전 닮았다고 말씀드렸다.

"제가 참 좋아했던 선생님 뵙는 듯해요. 남 같지 않아요(엄지손가락 척 올려드림)."

그다음은 말 안 해도 뻔히 알 거라 생각한다. 그날 방송은 무리 없이 진행 성공이다.

"탤런트 김수현 닮았어요, 머리 색깔과 머릿결이!", "영화배우 송윤아 사촌 동생 아니신가? 그 느낌이 있어요!"

이런 식으로 약간의 유머를 섞는 것도 좋다. 상대방의 긴장감을 풀수 있는 말들은 참 많다. 돈 드는 일도 아니다. 아끼지 말고 꺼내 쓰자.

심지어 직접 방송출연이 아닌 간접 출연자들도 그렇게 방송 출연을 힘들어한다. 여기서 말하는 간접 출연자란 바로 방송에서 적절한 효과음을 내주시는 방청객 여러분을 뜻한다. 어째 본인들은 말 한마디 하지 않아도 방송이 끝나고 나면 몸이 쑤신다고 한다. 방청객들의 긴장을 풀어주는 데에도 같은 방법이 통한다.

진행자인 나는 그분들의 긴장을 풀어드리기 위해 방송 전 이런저런 수다도 떨고, 개인기도 펼치고 주의사항도 직접 전달하려고 노력한다. 서로 짧게나마 친근감을 쌓으면서 긴장을 푸는 작업이다.

그러던 어느 날 주부들이 방청객으로 왔다. 마찬가지로 잔뜩 긴장하고 앉아 있으시기에 늘 하던 대로 주의사항을 말씀드렸다. 아나운서의 반듯한 모습으로 출연자들에게 말을 걸면 더 긴장한다. 그래서 이렇게 했다.

"자, 우리 어머니들 아침부터 일찍 나오느라 고생하셨네요. 어머니 화장 잘 먹었어요! 자 어깨 펴 주시고요. 휴대 전화기는 꺼주세요. 진동도 안 됩니다. 왜냐? 몸이 흔들리는 분들 있으니까요! 그리고 진행 중간 중간 카메라 감독님이 여러분의 모습을 잡으니까요, 미소 잃지 마시구요. 생방송 5분 지나면, 긴장이 풀리면서 다리가 스르륵 벌어져요. 앞줄 어머니 치마 주의보 내려요! 그리고 조명 주의보도 발령합니다. 따뜻해지면 졸릴 수 있으니 눈 크게 뜨세요. TV에 내가 어떻게 나올까 궁금하시죠? 화면으로 훔쳐보다가 뱁새눈 됩니다. 모니터 화면 훔쳐보기 금지예요. 에고고 출연자들 긴장하셨네? 저런 김장만 하시고 긴장 마세요. 생방송 중 전화벨 울리는 경우 있어요. 주변 지인들이 생방송인 걸 확인하려 하신다니까요? 어서 휴대전화 꺼주세요. 김태은 씨 실물이 좋네요, 이런 이야기는 하고 싶어도 제발 꾹 참아주세요. 그리고 간혹 카메라 보고 얼굴 가리거나 아예 고개를 숙이는 분들이 있는데, 이런 분들……! 묻지 마 관광 다녀오신 분으로 간주하고 우리 회사 앞 경찰청 사람들에게 연락할겁니다. 자자 스탠바이 해주세요!"

여기저기서 웃음이 터져 나온다. 시원한 박장대소가 경직된 몸을 이완케 하고, 다소 딱딱했던 얼굴 근육을 풀어주는 효과가 있다.

그런데 여기까지는 좋았는데…… 갑자기 어떤 아주머니가 사색이 돼서 내게 다가오더니 잠깐 보자고 하시는 것이다.

왜 그러냐고 물으니 정말 당황스런 이야기를 하는 게 아닌가.

"저기 아나운서님…… 정말 어떻게 아셨어요? 애기 아빠 알면 큰일인데 말이죠. 제발 말하지 마세요. 네?"

"무슨 말씀이신지?"

"저기 말이죠…… 정말 방송국이 무서운 곳이네요. 어찌 알았을까?

사실 제가 집에는 방송국 방청객 아르바이트 이틀 동안 한다고 속이고 어제 그 묻지 마 관광을 다녀왔거든요. 정말 부탁드려요. 애 아빠 성격이 보통이 아니라서 말이죠. 저 그냥 조용히 있다 갈게요……"

단지 그냥 방송 전 분위기 조성용으로 했던 우스개 이야기였는데 너무나 진지하게 받아들였던 그 아주머니의 사건 이후로 나는 더 이상 그런 이야기를 꺼내지 않는다.

용한 점쟁이가 된 것 같은 기분이 들어서!

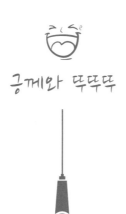

긍께와 뚜뚜뚜

이 이야기는 내가 잘 아는 기자 후배에게 들은 이야기다. 상대의 예기치 못한 돌발 행동에 애를 먹는 것은 남 일이 아니기에, 어느 정도 공감도 하고 경악도 하며 교훈처럼 새긴 일이었다.

후배가 뉴스를 보고 있던 어느 날이었다. 이 후배는 고향이 전주가 아니라서 지역 기자들 리포트를 유심히 모니터하고 있었는데, "방송사고다!"라고 외칠 만큼 아주 희한한 모습이 전파를 탔다.

음식점에서 9시 뉴스를 보고 있었는데 그날 아이템이 군수의 비리를 파헤치는 고발성 리포트였다고 한다.

카메라가 바닥을 비추고 있거나 모자이크 처리가 되어 관계자 인터뷰를 하는 사뭇 진지하고 긴장되는 분위기 속의 리포트였다.

역시나 그때도 꽤나 심각한 내용의 인터뷰를 받고 있었다고 했다.

제보하는 공무원은 뒷모습만 보이고 기자의 얼굴이 보이면서 인터뷰를 하는 장면이었다. 그 진지한 순간!

취재 기자의 찡그린 모습과 함께 공무원을 향해 내뱉는 심각한 항의성 외침이 분위기를 깼다.

"아, 긍께 그분이 오긴 왔구만요?"

그렇다. 핵심은 바로 사투리다. '긍께'와 '왔구만요' 전부 사투리이다.

아니 사투리를? 그것도 방송 기자가? 거기서 더 이상했던 건 음식점 손님 어느 누구도 그걸 이상하게 보지 않더라는 것이다. 그 후배 지역 기자는 지역 색깔이(!) 드러나도 문제가 되지 않다고 생각하고, 오히려 사투리를 공부하고 있다고 했다.

이건 큰일 나는 일이다.

"어이 여보시게. 임 후배! 방송에서 정확한 정보와 신뢰감을 주고 싶다면 표준어를 써야 한다네. 자네마저 그런 모습을 보이려 한다면 안 된다네. 사투리를 표준어로 바꿔 쓴 자막 작업이 필요할 것이야. 그럼 못 써 잉!"

앗, 이것도 사투리다.

일명 "뚜뚜뚜 사건"

이 사건은 비밀을 지킬 수 있는 사람만 봐야 한다.

어떤 기자에 관한 이야기이다. 1998년 10월 6일 익산에서 가스 충전소 폭발 사건이 있었다. 사망 1명, 부상 6명, 재산피해가 4억 원에 달하는 큰 사건이었다.

대개 그런 사건들은 예고 없이 갑작스레 발생하는지라 방송사 숙직 기자들이 스탠바이를 하고 있다가 급작스럽게 취재 출동을 한다.

익산에서 발생한 사고라 우리 취재진도 정신없이 현장으로 달려갔다. 그러나 간발의 차로 다른 방송사 기자가 소방서 측에서 찍은 생생한 화재 그림 테이프를 가져가고 말았다.

모두 망연자실.

하지만 이 사건의 현장그림을 방송사가 아니라 소방서 측에서 찍은 그림이기 때문에 충분히 공유할 수 있는 부분이었다. 문제는 다른 방송사 기자가 들어온 지 얼마 안 된 새내기로, 본인이 특종을 잡았다는 기쁨을 안고 그 테이프를 들고 행방불명이 되었던 것이다!

대개 그런 그림은 공유하기 마련이다. 그렇게 해서 나중에 위급할 때 어찌 돕고 살려고 그랬는지 원. 아무튼 곧바로 우리 방송사 기자가 다른 방송사 기자의 휴대 전화로 전화를 했다. 다행히 연결되었고 기자가 다급하게 물었다.

"여보세요, 나 KBS 기자인데. 화재 그림 가져갔다면서요. 다 썼으면 우리에게도 좀 부탁…… 여보세요? 여보세요?"

그런데 그림을 먼저 확보한 그 기자의 숨소리가 전혀 들리지 않더라는 것이다.

"아 여보세요? 여보세요?"

그 순간!

상대편 수화기를 통해 들리는 효과음(!)

"뚜뚜뚜 우 뚜뚜뚜우"

이게 대체 무슨 일? 그는 특종에 대한 강한 의지로 통화가 끊어진 것처럼 입으로 효과음을 만들었던 것이다. 어처구니없게도 전화가 끊어지는 듯 울리는 소리는 바로 사람이 입으로 내는 소리였다.

육성으로 뚜뚜뚜라니……!

결국 우리는 사무실로 찾아가 그림을 확보했고 양 방송사 모두 화재 소식을 생생히 전했지만, 경찰청 내에서 그 신입 기자의 입지는 그 야말로 속 좁은 새가슴으로 낙인되고 말았다.

이런 경우는 차별화된 영상을 차지하고 싶어 빚어진 해프닝으로 볼 수 있지만 이렇게 치열하게 경쟁하면서 사는 것이 바로 우리 방송국 사회다.

전설처럼 비밀리에 내려오는 '뚜뚜뚜 사건' 이건 여러분만 아는 것입니다요!

입 맞춘 남자들

드디어 이 시간이 주어졌다! 이 지면을 빌려 솔직히 고백한다. 방송 생활 21년 동안 나는 정말 많은 남자를 갈아 치웠다는 것을. 그러나 이건 운명이었다. 주변에 많은 시기와 질투를 이겨내면서도 나는 이 남자들을 만나야만 했고 입을 맞춰야만 했다. 여기까지만 읽으면 또 별별 소문이 만들어질 테니, 끝까지 읽어야 한다.

전주, 내가 속해있는 이 지역 방송에서는 정말 많은 지역 행사들이 있고 그에 따른 방송 행사도 참 많다.

방송 진행을 통해서 만나게 된 나의 남자들 즉, 파트너 진행자들을 떠올려 보면.

김병찬, 손범수, 왕종근, 김범수, 허참, 김성환, 최호진, 최석구, 김구라, 이창명, 최성훈, 심현섭, 이병진, 배동성, 전환규, 주영훈, 유열, 백

남봉, 김관동, 조건진, 전인석, 이종태, 박준열, 성세정, 이형걸, 이규봉, 윤인구, 이광용, 이상협, 최동석, 김기만, 함윤호, 박명원, 조충현, 김형철, 김선식, 이장호, 심인택, 송화섭, 윤찬영, 유장영, 홍석우, 유민상, 김기열……

그동안 내가 마주한 파트너는 아나운서에서 개그맨, 가수, 방송인, 영화감독, 성악가까지 다양한 직업군에 속해있다. 나는 방송으로 원없이 남자들을 바꿨다.

기억에 남는 건 역시, 첫 진행자와의 첫 무대 경험이다.

1994년 가을, 입사한 지 몇 달 안 된 햇병아리로서는 대형 프로그램 쇼를 맡았다. 당시 잘 나가던 아나운서 김병찬 선배와 함께한 〈열린음악회〉였다.

그 전날부터 어찌나 긴장되던지 밥이 안 넘어갈 정도였다. 하지만 상대 진행자가 잘나가는 김병찬 아나운서라는 사실에 든든하기도 하고 오히려 더 불안하기도 하고, 나 때문에 방송을 망치면 어쩌나 하는 만감이 교차했다.

이런 나에게 무대 뒤에서 김병찬 선배는 자상하게 이런 말씀을 건네셨다.

"태은아! 이제 저 무대는 우리 거야. 긴장되어도 절대 떨리는 모습을 관객들에게 보여서는 안 돼! 무대를 장악하는 마음으로 해야 해. 알았지? 잘할 수 있어 힘내!"

무대는 우리 것! 이 말에 얼마나 힘을 갖게 되었던지 모른다. 대신 김 선배는 초보인 나와 진행을 하려니 불안해서인지 격려와는 달리 줄담배를 피우고 계셨다. 생각해보니 원래 그렇다. 초보 운전자는 겁 없이 덤비는데 옆자리 운전 강사님이 더 불안해하는 것과 같은 이치다.

나중에 녹화 테이프를 보니 선배 말대로 너무 힘을 낸 나머지, 내 눈에 엄청나게 힘이 들어가 있는 게 빤히 보였다. 하지만 다행히 NG 한 번 없이, 무리 없이 끝냈다. 나에게 소중한 첫 경험이었다.

개그맨 최성훈 같은 경우에는 재미있는 개그맨이라 성격도 활발할 줄 알았는데, 수줍음이 참 많은 분이라 놀랐다. 그날 방송은 내가 더 말을 많이 했을 정도였다. 왜 그랬을까?

정답은 간단하다. 그분의 끼는 방송 불가용이 많아서 본 방송 때는 죄다 편집되었던 것이다. 현장에 있었던 분들은 너무 재미있었다는데, 역시 개그맨들은 E·D·P·S(음담패설)에 강하다.

방송의 참맛은 생생한 현장에 있다. 편집되기 전 모든 이야기를 다 들을 수 있기 때문이다.

KBS 2TV 〈세상의 아침〉을 진행하는 왕종근 진행자는 화끈한 부산 사나이면서도 나긋나긋한 면이 있는 멋진 분이다. 쌍꺼풀 짙은 눈으로 시선을 보내면 미소를 짓지 않는 여자가 없을 정도다.

그분은 부드러운 진행으로 유명한데, 현장 애드리브가 정말 대단하다. 가수가 시간 안에 도착하지 않으면 즉석에서 노래자랑도 펼치는 분위기 메이커이다. 분위기와 진행을 주도하는 느낌이랄까? 흐름을 만들어내는 능력까지 탁월하다.

왕 선배가 부산 아나운서로 있던 때. 퀴즈 대회가 있었다고 한다. 답이 고구마였는데, 어느 학생 정답을 외치면서 당당히 하는 말.

"고매."

고구마를 뜻하는 부산 사투리가 아닌가! 그러자 왕 아나운서 "아, 네 정답과 근접해요. 세 글자로 다시 표현해 주시죠!"라고 다시 기회를 주었다. 이번에 그 학생 하는 말.

"물 고매."

이렇게 왕 선배는 재미있는 이야기도 많이 알고 있고, 유머 감각도 넘치는데 그 주변 사람은 말할 것도 없다.

왕 선배가 오랜만에 만난 친구들 모임에서 각자 하는 일에 관해 이야기를 하던 중 어느 친구가 "나 구멍가게 한다"고 말했다. 이에 우리의 왕 선배 "너 무슨 가게 하나? 슈퍼?" 그러자 친구가 웃으면서 말했다.

"이비인후과 의사라는 거지."

귓구멍, 콧구멍, 눈구멍, 목구멍을 진찰하는 병원을 구멍가게라고 한다고!

선배의 유머 감각은 이런 경험도 있지만 철저한 사전 조사 위에서 더 발휘된다. 지역방송 진행을 할 때, 그 지역에 대해 열심히 예습하는 것으로 유명하다. 이것은 본받을 점이다. 익산 마한 축제, 전주 월드컵 특집, 군산 금강 콘서트 등 낯선 지역에서 진행하는 행사라는 느낌이 들지 않도록 그 지역에 대해 아주 꿰뚫고 온다. 이 지역 아나운서인 내가 부끄러울 정도다.

그렇게 밤늦게까지 방송하고도 새벽에 올라가서 다음 날 아침 방송을 하는 걸 보고는 존경스러웠다. 우리의 왕 선배, 왕이로소이다!

허참 아저씨는 〈가족 오락관〉의 간판 진행자였다. 내가 고등학교 시절부터 진행하고 싶은 프로그램이 〈가족 오락관〉이었기 때문에 늘 뵙고 싶었다. 그러다 함께 진행하게 되었을 때 얼마나 기뻤던지!

그런데 실제 모습은 화면과 다르게 참 차분하고 점잖다. 그리고 조용히 있다가도 큐 사인 들어오면 던지는 그분만의 특이한 멘트.

"하하. 안녕하십니까? 허~참입니다. 하하!"

일단 방송에 임할 때 최선을 다하는 모습이 참 보기 좋았다. 허참 아저씨! 언제 저랑 같이 〈가족 오락관〉 하지 않으시겠습니까? 제 소원이거든요. 지금도 그 꿈을 못 버렸답니다. 호호호!

요즘 잘 나가는 방송인 김구라와 군산 한여름 밤의 금강 콘서트 진행 인연으로 만났다. 옆에서 주고받다 보니 확실히 입담꾼임을 느꼈다. 화면으로 볼 때보다 더 큰 키에 나와 한 학번 차이 난다는 것에 놀라던 그 표정을 잊을 수가 없다.

수줍어서였을까, 더위를 많이 타서였을까 땀을 뻘뻘 흘리면서 진행하던 모습이 생생하다. 방송 녹화 후 어색한 손 처리로 같이 사진 찍었던 기억이 난다. 힘찬 진행과 순발력 있는 입담으로 방송에서도 맹

활약하시는데, 나도 지지 않는다고 조심스럽게 명함을 내밀까 싶다.

개그맨 배동성도 나와 처음 진행을 했지만 호흡이 딱딱 맞아, 리허설 없이 아주 잘해주신 분이다. 역시 프로는 다르다고 느껴졌다. 그런데 도대체 나이가 어떻게 되는지를 모른다.

나 어릴 적에 데뷔한 듯싶은데, 나와 비슷한 나이로 보이는 것이다. 최강 동안이던지, 아니면 의외로 내가 나이를 잘못 가늠하고 있는 걸지도. 이 분은 사전에 나에 대하여 너무 많은 걸 알고 오셔서 깜짝 놀랐다. 누가 정보를 준 걸까?

왕종근 진행자도 그렇지만 프로들은 준비가 남다르다는 것을 새삼 느끼는 만남이었다.

최근 경제 프로그램 〈경제 가마솥〉에서 개그맨 유민상과 진행했을 때다. 일단 이 친구와 나의 비주얼 부조화를 걱정하는 분들이 많았다.

유민상 키 188 Vs 내 키는 힐 포함 172, 유민상 옷 사이즈 2XL Vs 내 사이즈 XS

하지만 우리는 적절한 맞춤 진행으로 우려를 조화로 바꿔버렸다. 〈가족 오락관〉 진행이 꿈이었던 나에게 〈경제 가마솥〉의 주요 멘트 리듬은 흡사 가족 오락관의 몇 대 몇과 거의 비슷한 음계에 위치해 있었다. 우리는 신나게 외치며 진행했다.

부조화인 듯 조화로운 진행 커플의 활약을 기대해준 덕인지, 〈경제 가마솥〉은 우수 프로그램상도 받게 되었다.

〈개그 콘서트〉에서 활약중인 개그맨 김기열과의 호흡도 좋다. 나이 어린 후배들과 비주얼 맞추기에 애를 쓰고 있는 나지만, 우리 작가는 말한다.

"개그맨들과 호흡 맞춰줄 수 있는 아나운서는 김 아나운서님뿐이에요"라고!

말뿐이라도 참 기분이 좋다. (웃기게 봐줘서 고마워. 대신 나를 우습게 보지는 말고…)

이렇게 다양한 남자들과 함께 좋은 프로그램을 많이도 진행했다. 이곳에 일일이 다 열거할 수 없음이 아쉽다. 나는 이따금 모든 분과 방송 시작 전에 열심히 입을 맞춘 기억들을 떠올린다. 각기 개성을 가진 파트너들이지만, 그들에게서 얻은 것은 한결같다. 열정, 성실, 노력! 그 한결같음이 나만의 비결이 되고, 곧 순발력으로 이어진다.

소중한 나의 남자(진행자)들! 그들은 정말 좋은 사람들이다. 나처럼 많은 남자와 입 맞춘 사람 있으면 나와 보라고 당당히 외친다.

여자 진행자와 남자 진행자는 환상의 커플이 되어야 한다.

입도 맞추고 마음도 맞추는 데에는 딱히 사이즈도 필요 없다. 무조건 딱딱 맞추는 것이 능사다.

이상 남자 진행자 복 터진 김태은이 말씀드렸습니다!

심장 쫄깃

아나운서가 TV에 나오지 않으면 놀고 쉬는 것으로 오해하는 분들이 많다. 재충전의 시간을 가지면서 여러 프로그램 기획도 하고, 구상도 하는데 눈에 보이지 않기 때문에 쉰다고 생각하는 것이다.

"요즘 안 나오데? 뭔 일 있는 거여?"

회사 잘 다니는 사람에게 무슨 그런 실례의 말씀을.

지역 아나운서들은 많은 일을 한다. 아나운서 업무 말고도 제작 업무도 하기 때문에, 나처럼 라디오 프로그램 제작하는 아나운서가 많다.

뉴스 진행, 야외 촬영, PD, FD, 각종 프로그램 사회, 라디오 진행, 편집 취재 녹음, 공개방송 등 이 모든 업무를 아나운서도 하는 것이니 바쁠 수밖에 없다.

나도 이일 저일 도맡아 한다. 어느 날 선배가 진행 제작하는 라디오 프로그램 FD(밖에서 진행 상황을 봐주는 업무)를 하고 있을 때였다.

22분 동안 시사 프로그램이 진행되고, 1분간은 프로그램 예고 시간으로 다음 프로그램 방송 내용을 안내해 줘야 하는 상황이었다.

아뿔싸! 그만 큐시트(방송 순서표) 맨 밑에 적혀 있어야 할 다음 프로그램 예고 내용이 쏙 빠져 있는 것이었다.

선배가 워낙 바빠서 못 챙긴 것도 있었지만, 작가도 살피지 못했고 나 또한 다른 방송 작업 일을 신경 쓰느라 그 마지막 줄을 챙기지 못해 일어난 불상사였다.

그 예고까지 해야 프로그램의 완벽한 마무리가 되는 것인데…….

정말 입술은 바짝바짝 가슴은 두 근 반 세 근 반. 과연 이 순간을 어찌 넘어갈 것인가. 숨을 죽이고 있는 그 순간!

"네, 오늘은 여기까지입니다. 전 내일 오전 8시 35분에 다시 오겠습니다."

여기까지는 괜찮았지만 점점 말이 늘어졌다.

"잠시 후에 방송될 생활 상담실은…… (사태 파악, 빈칸 발견!) 생…… 화아…알상…다…암……실은…… (순간 당황해하는 모습) 생……화… 알……사…앙…다아암……시이일…으…은……"

그 시간이 어찌 그렇게 더디게 가던지. 이다음 선배의 결정적인 애드리브 덕분에 시말서는 면했다.

"새애앵활 상담시일은 그러니까…… 음, 계속됩니다."

살았다. 정확히 내 생명이 5분 25초 단축되는 순간이었다.

1TV 기차 타고 세계 여행

손미나, 국혜정 등 아나운서들이 <기차 타고 세계여행>을 찍을 때였다. 아나운서가 촬영지를 정한 뒤 그곳으로 출장을 떠나 현지에서 제작해 오는 방식의 방송이었는데, 나는 지역 아나운서 최초로 발탁된 영광을 누리게 되었다.

후에 담당 PD의 이야기로는 당시 <6시 내 고향> 자료화면 모니터를 보고, 순발력이 필요한 야외 제작물 진행에 어울릴 것 같아 발탁했다고 했다.

그때 당시 손미나 후배가 남아프리카 공화국 촬영을 했고, 이집트 촬영 편에 내가 배정되었다. 나에게는 1997년 이집트 촬영이 첫 해외출장이 되었다.

지역 아나운서로서 해외 촬영 경험은 흔하게 주어지지 않기 때문에 기회가 왔으니 열심히 해야 하는 게 당연했다.

정해진 예산과 기간 내에 14편의 분량을 찍어야 하는 상황이었다. 짧은 일정에 2주 분량을 촬영해야 하는 데다, 적은 비용으로 떠나는 상황이라서 최소 인원으로 출발하게 됐다.

코디네이터, 조명 감독, 작가 등 다른 프로그램처럼 분야별 제작진 동행은 생각할 수도 없는 상황이었다. 나뿐만 아니라, 다른 제작진들 모두 현장에서 두세 사람 몫을 해내곤 했다.

PD는 작가 몫까지, 카메라 감독은 조명까지, 오디오맨은 FD와 경호까지, 그리고 나는 코디네이터 몫까지 각자 멀티 플레이어 자세로 촬영에 임했다.

나 혼자 의상을 전부 준비하느라 진짜 코디네이터처럼 하루하루 입을 의상을 구상하기도 하고, 집에 있는 옷과 소품 가방, 신발들을 모조리 꺼내 색별로 맞춰 장소 변화에 단단히 대비하느라 분주했다.

내 촬영 순서 전까지만 해도 기차 안에서 "여기는 남아프리카 지역을 가는 기차입니다." 이런 간단 멘트만 화면에 비추었는데, 작가 겸 PD 언니가 내게 욕심을 내기 시작해서 어느새 나는 A4 절반 분량의 멘트를 적어주는 대로 줄줄 외워서 녹화하고 있었다.

조금의 쉴 여유도 없이 기차 타면 브리지 멘트를 하고, 기차 내리면 또다시 브리지 멘트를 하고 입도 몸도 쉴 수 없었다. 도착과 동시에 촬영이 시작되었고 관광 일정을 즐기는 건 눈곱만큼도 상상할 수 없었다.

촬영에 촬영, 촬영 넘어 촬영. 마치 암기과목 벼락치기 공부하듯 멘트를 달달 외웠다.

이집트는 바람이 많이 불었고 제재하는 것도 많았다. 현지 가이드와 보안요원이 늘 우리 곁에 대동했고, 해가 금방 떨어져 원고도 없이 급하게 PD가 불러주는 지명을 현장에서 외워가면서 단숨에 해내야만 했다. 놀라운 암기력은 엄청난 스트레스를 만들었다.

피라미드 앞에서는 해 떨어지기 전 주어진 시간을 넘기면 벌금을 내야 하는 상황에서 정신없이 외워서 촬영했던 기억이 생생하다.

나름 지역에서 <6시 내 고향> 촬영을 많이 해서 어느 정도 따라가긴 했으나 작가 겸 PD는 빨라도 너무 빠른 속도로 촬영을 감행하는 것이었다.

Slow Slow 퀵퀵이 아니라, Fast Fast 퀵퀵의 속도였다.

나도 예외는 아니었다. 그 속도에 재빠르게 움직여야 했다. 기차에 탈 때마다 칸을 옮겨가며 찍고, 직접 옷을 들고 다니면서 촬영했다.

찍을수록 쌓여가는 옷과 동양 여자의 변신이 어른이나 아이 할 것 없이 신기했나 보다.

큰 눈을 껌벅이면서 나를 주시하던 어린아이가 어디서 왔느냐고 물었다.

나는 당당하게 대답했다.

"아임 프롬 코리아!"

그들은 내게 뭐 하는 사람이냐고 물었다. 마침, 내 양팔에는 의상이 가득했고, 나는 그냥 "코디네이터"라고 답했다. 그러나 아이들 입에서 입으로 옮겨가는 과정에서 단어 변화가 일어나면서, 코리아 코디네이터가 커리아 커리네이터로, 또 코리아 터미네이터로 변모해버리고 말았다.

뭐 틀린 말은 아니다! 나는 터미네이터처럼 씩씩하게 촬영했다. 쉬지 않고 찍어야 하는 일정이었다.

그러나 촬영 중 회사에서 긴급 전화가 걸려왔다. 우리나라가 IMF 상황이어서 일단 찍어놓은 분량만 가지고 어서 귀국하라고 말이다. 우리는 곧바로 귀국할 수밖에 없었다. 엎친 데 덮친 격으로 나라 상황이 이러할 때 해외여행은 어불성설이라는 내부 회의로 인해 황금 시간대 편성이었던 프로그램이 새벽 5시 편성으로 축소되는 불운도 맞이했다.

원더우먼처럼 옷 갈아입고 찍어댔던, 발품 팔았던 그 노력이 피라미드 앞 모래처럼 휘리릭 날아가게 되었다. 아직도 마치지 못한 그때의 촬영이 못내 아쉽다.

〈기차 타고 도내 여행〉이라도…….

대통령을 웃긴 여자

2007년 6월 초. 담당 부장으로부터 도청 행사 배정을 받자마자 다급한 전화를 받았다.

신원 조회를 해야 하니 프로필을 보내달라는 내용이었다. 무슨 일인가 했더니 단순히 도청 행사가 아니라 국빈급 행사라며 서둘러 신원조회용 서류를 부탁한 것이었다. 청와대에 보내야 하는 서류라고 했다.

큰 행사지만 이미 예전에 한 번 경험이 있어서 담담히 대하는 나와는 달리 관계자들은 무척이나 긴장하고 있었다.

반대로 어떤 행사건 최선을 다해 임하는 나로서는 이 행사 역시 나의 철저한 준비성을 보여줄 수 있는 행사다 싶어, 만반의 준비를 갖추고 대기하고 있었다.

일단 행사 시각, 장소, 분위기를 파악하고 의상을 정하는데 아무래도 한복이 좋을 듯해서 관계자에게 말했다. 한복이 전통 예술의 고장 전주의 이미지를 살리고 저녁 만찬 분위기라 잘 어울리겠다고 말이다.

그 의견은 청와대에도 전달되어 확인을 받고 의상 준비도 완료되었다.

그렇게 행사 당일 6월 8일 금요일. 나는 방송 일정대로 움직일 수밖에 없는 상황이었다. 한옥마을에서 진행한 전국 생방송이 끝나자마자 멀지 않은 행사장으로 향했다.

행사장은 삼엄한 분위기에 냉기가 돌 정도였다. 마약, 폭발물 탐지견들이 여기저기서 킁킁대고 있었고, 통신 차단 설치와 동선, 자리 배치를 챙기는 경호 요원들이 철저하게 신분검사를 하고 있었다. 죄 없는 일반인도 주눅이 들게 하는 그 분위기가 몹시 낯설었다.

그래도 이렇게 가는 건 아니겠구나 싶어서 마이크 테스트 하면서 대뜸 이렇게 말했다.

"지금 이 분위기는요. 마치 경찰청 사람들 같군요. 저는 오늘 행사 진행 아나운서입니다. 편안히 해도 되겠죠?"

말이 끝나자마자 담당 행정관이 다가와 말을 건넸다.

"저녁 만찬이니까 편안히 하셔도 좋은데…… 아나운서들은 다들 그냥 원고대로 하시던데요. 편하게 하셔도 괜찮습니다. 어르신께 예의에 어긋나지 않게만 해주세요."

사람이 많으면 많을수록 가동하는 애드리브의 기회가 온 것이라 생각했다. 이 딱딱한 분위기를 반전시켜 보리라 마음먹고 제대로 준비했다.

일명 대통령을 모신 행사의 경직된 분위기, 겁 없이 재미난 이야기로 풀어가다!

오늘 진행을 맡은 아나운서 김태은입니다.

방송 나이 28, 그런데 청와대의 철저한 신원조회 때문에 30대인 것이 들통 났습니다!

저쪽 테이블 두 분은 사이좋게 이야기 나누시는 걸 보니 부부가 아니시네요!

요즘 부부들은 식당에서 밥만 먹고 나가요.

먹여주고 이야기 도란도란 나누면 부부가 아니라는 이야기가 있어요.

자, 이제 분위기를 국악 한마당처럼 꾸며 볼까 하는데 표정은 추적 60분이군요.

곧 행사를 진행하겠습니다.

아, 지금 대통령 내외가 입장하고 계십니다. 전주의 특산품을 증정하겠습니다.

부채 선물입니다. 부:채가 아니고 부채입니다! 저희가 빚을 드릴 수는 없구요.

자, 다음 설문조사 결과가 있는데요.

도민이 대통령께 선물하고 싶은 노래 1위는 핑클의 〈영원한 사랑〉입니다. 그 이유는 '변치 않는 영원한 사랑을 약속해줘! (노래 부르고 새끼손가락까지 올리면서 재연)' 약속해주시라고요. 이 설문조사는 신뢰 수준 10%, 표본오차 플러스마이너스 70%······ 신뢰도가 많이 떨어지긴 하네요.

(생략)

요리사가 만찬에 쓸 연어를 잡으러 짐을 쌌다가 비행장이 없다는 사실을 깨닫고 산천초목에서 뛰어노는 우리 한우로 메뉴를 바꾸었다고 하죠? 비행장의 건립이 시급한 대목이 아닐 수 없군요.

애정 있는 나물 반찬이 애정 없는 고기 반찬보다 낫다는 이야기가 있습니다. 하지만 오늘은 애정도 듬뿍 넣은 장수 한우 요리를 준비했습니다.

오랫동안 서서 진행을 봐도 무리 없는 저는 혈액형은 스탠드형입니다! 인형 아닙니다!

───────────────────────●━━►

이런저런 상황에 맞춰 애드리브로 행사를 이끌고 있었는데, 주빈석 노 前대통령은 나를 향해 "저 아나운서 참 재미있네, 하하하"하며 웃어 보이셨다. 그 웃음으로 분위기는 화기애애해졌다.

평범한 진행을 거부하는 나로서는 유머를 섞어가면서 대담하게도, 아주 편하고 즐겁게 진행을 했는데 그걸 노 前대통령은 기분 좋게 받아들인 것이다.

그 덕분일까. 15분 예정이었던 대통령 말씀은 1시간을 훌쩍 넘겼고,

밤 10시가 넘어서까지 이어졌다. 이것은 청와대 비서실에서도 놀라는 일대의 사건이었다.

다음 날 휴일 근무 중 휴대전화 벨이 울렸다.

청와대 비서실이었다.

"김태은 아나운서! 청와대 비서실 행정관입니다. 어제 고생하셨습니다."

내심 뜨끔했다. 혹 너무 가볍게 너무 편하게 진행한 것이 거슬린 게 아닐까 하는 불안감이 들었다. 행사 후 자체 평가를 통해 결과를 이야기한다는 말에, 그 짧은 순간 머릿속에서 별별 생각이 떠올랐다.

'행사가 지연돼서 문제가 되었나? 내가 망친 건가? 이분들 왜 이러시지?'

어쩔 수 없는 A형의 소심 기질이 발휘되었다. 소심하게 마음속으로 내 잘못이 무엇이었는지 따지고 있던 그때.

"김 아나, 어제 정말 잘했어요. 대통령께서 칭찬을 많이 하셨습니다. 저희가 예정했던 시간보다 길어질 만큼 어제 분위기가 좋았습니다. 다 김 아나 덕분입니다. 고맙습니다."

믿기지 않았다. 대통령께서 행사 진행에 대해 칭찬을 아끼지 않으셨다니 말이다.

"아, 예…… 정말요? 제가 너무 가볍게 진행한 것은 아닌지……"

"그렇지 않았어요. 대통령께서 유쾌하게 웃으시면서 참 재밌는 아나운서라고 칭찬하셨습니다. 대변인 하셔도 되겠어요. 긴장도 안 하셔서 사실 저희도 깜짝 놀랐습니다. 호응이 좋아서 다음 영빈관 행사 때도 섭외하고 싶네요."

"별말씀을요! 사고 없이 잘 끝나서 다행이네요. 제가 고맙습니다. 영광스런 자리에서 진행하게 돼서요."

정말 그때 그 기분이란! 그날 종일 근무의 피곤함을 한방에 날릴 만큼 반가운 전화였다. 행사장에 함께 해주셨던 분들에게서도 아침부터 문자가 연이어 날아왔다. 유쾌한 분위기를 만들어서 고맙다. 전라북도 발전의 초석을 다졌다. 아나운서가 그렇게 웃겨도 되느냐 등 약간의 오버 문자까지.

이 행사의 사회를 통해 나는 '대통령을 웃긴 아나운서'라는 별명을 얻게 되었다.

그리고 이를 계기로 지역 아나운서 최초로 방송국 3사에서 전국 동시 생방송하는 광복절 행사 진행에도 발탁되었다. 아마 그런 일은 처음이자 마지막일 듯싶다(그전에는 황수경 아나운서가 진행을 맡았다고 한다).

나는 그분에게 흔한 피로 회복제 한 병 사드린 적도 없었지만, 그 큰 무대, 3개 방송사 전국 동시 생방송을 진행하는 기회를 얻었다. 청와대 비서실에서 개인 신상을 조사해 간 것 말고는 정말 아무것도 묻지도 따지지도 않았고, 오로지 겁 없는 내 대범함만 믿고 진행을 맡긴 것이다.

지역 아나운서의 서울 진출이라니!

결국 나는 베테랑 아나운서들도 긴장하게 된다는 3단 객석 세종문화회관 무대 진행을 무사히 마쳤다. 성공적이었다. 이후 대통령께서 친히 행사준비 관계자에게 행사 잘했다고 칭찬을 해주셨다고……

6월 8일 금요일, 나의 일기장은 이렇게 쓰여 있다.

조금은 특별한 행사 사회를 봤다. 사람이 많을수록 힘이 나는 나.
또 웃겼다. 난 웃겨야 사는 아나운서 같다. 그 자리의 모든 분이 웃었다.
감사하다. 흥분이 가라앉지 않을 만큼!
내일 또 새벽에 눈떠 출근해야 하지만 피곤함은 요만큼도 없다.
어서 자자~ 대통령 꿈꾸면 좋겠다! 로또 사게.
나 대통령을 웃긴 여자야!

대통령을 웃긴 여자

7부 아나운서? 아나테이너!

오리지널? 가리지널!

성공한 여자가 이런 말을 했대요.

돈을 모아서 명품 슈트 하나를 사는 것보다

그 옷을 언제든지 입을 수 있는

여유로운 마음을 갖는 일이 먼저 필요하다고…

동대문이건 남대문이건

명품이 아닌 길가에서 파는 슈트를 입어도

언제나 명품 같은 여자가 되어야 성공한 여자가 된다는 거!

-가요뱅크 중-

많은 사람이 아나운서에게 갖는 선입견 중에는 돈에 관련된 것들이 있다. 대개는 코디라거나 외모 등 외적인 면에 치중한 선입견이지만, 단단하게 박힌 것은 돈에 대한 것이다.

나는 그 가운데서 이 부분을 짚어보고 싶었다. 대부분의 사람은 아나운서가 돈을 무척이나 많이 번다고 생각하는 것 같다.

2시간짜리 생방송을 해도 10시간짜리 생방송을 해도, 같은 돈을 받는다고는 아무도 예상하지 못한다. 방송에서 소개된 그 금액 그대로 받는다. 라디오만 이러느냐? TV도 예외는 아니다.

물론 이 수입이 전부는 아니지만, 요점은 우리도 평범한 월급쟁이라는 말이다. 아나운서들은 돈을 많이 벌 것 같으니 옷이며 액세서리 등을 죄다 명품 브랜드로 도배 한다고 예상하겠지만, 나의 경우는 전혀 아니다.

의상을 죄다 사는 것도 아닐뿐더러 꼭 협찬사의 세일 때만 산다. 엊그제 샀는데 며칠 후에 세일하는 것만큼 배 아픈 일도 없지 않은가. 나는 꼼꼼하게 따지고 계산해서 합리적인 소비를 하려고 노력한다. 아나운서도 일반인의 소비 패턴을 따른다. 평범한 구매 범위에서 벗어날 수 없으며 절대 특별하지 않다.

비싼 것 보다는 싼 것으로! 많을수록 좋다. 다다익선, 내가 좋아하는 말 중 하나다.

그런데도 사람들은 내가 명품만 가지고 다니는 줄 안다. 지난번 시내에 나갔을 때 아주머니들끼리 내가 못들은 줄 알고 이런 대화를 나누고 있었다(아나운서들은 본인 얘기하는 거 다 듣습니다! 정보가 중요한 사람들이니까요).

"야, 저기 아나운서 아녀? 아나운서 실물이 낫네잉!"

"MBC지? 가방 참 예쁘네."

"엄청나게 비싼 거데. 아나운서는 돈도 많이 벌잖여. 저 정도는 뭐…… 안 그려?! 어머 저 시계 봐! 저것도 명품 아녀? 진품은 역시 달라. 그지잉?"

지금부터 이 대화 내용의 잘못된 부분을 고쳐 보고 싶다. 실물이 더 낫다는 것, 이 부분은 전혀 고칠 것 없다. 진짜 그러니까.

MBC? No! KBS다.

진품 같은 명품 시계? 아니다. 리어카에서 2천 원 깎아 산 만팔천 원짜리 시계다.

비싼 명품가방? 만사천 원으로 바득바득 천 원 깎아가면서 산 전통시장 물건이다.

아나운서들이 모두 돈 많이 벌고 명품으로 치장할 것이라는 생각, 이제는 바이 바이해주시길 바란다.

내가 가진 명품들은 명품 시간, 명품 마음, 명품 휴식, 명품 친구들 뿐이다.

나는 백화점에서 정찰가로 옷 사 본 적 없고, 옷장 안 대부분 옷들은 이태원 시장에서 세일할 때 산 것들이다. 신발장은 구도심 상가 '굿바이 정리전' 신발들이다!

이런 것들이 내가 내세우는 나의 명품들이다. 남이 타던 차, 남들 눈에 차지 않아 뒤로 빠진 2류 옷들이 말이다.

게다가 다른 이들에게 없는, 내게만 있는 명품이라면 방송 큐시트,

취재 원본 테이프, 구성 기획안 등이 있다.

내가 고른 것에 대해서는 후회가 없다. 그리고 내가 결정한 모든 것들도 그러기를 바란다.

인생은 지정석이 아니라 자유석, 누가 시키는 대로 살지 말고 누가 한다고 따라 하지 말고 내 자유 의지대로 살자!

명품은 내가 정할 수 있고 정하는 것이다.

그래서 말인데, 오늘 명품 하나 또 가지러 가야지!

인터뷰하러 가거든요~!

아나운서 되고 싶어요!

방송은 늘 나에게 처음과 같은 설렘을 안겨준다. 1994년 KBS 공채 아나운서 합격 통지를 받고 여러 연수 프로그램에 참여했다. 드디어 마지막 연수 프로그램이었다. 당시 이금희 선배가 나에게 물었다.

"태은 씨는 어떤 아나운서가 되고 싶어요?"

나는 주저 없이 대답했다.

"촌티 안 나는 방송인이요."

이금희 선배가 당황했을 법하다. 이게 벌써 21년 전 일이다.

이금희 선배는 인터뷰 모의 연습시간에 나의 인터뷰를 칭찬해 주셨다. 그 후로 꽤 많은 시간이 지나고 본사 〈아침마당〉 생방송을 통해 이금희 선배를 다시 만날 수 있게 됐다. 이금희 선배는 여전히 따뜻했다. 살갑게 손을 잡아 주고, 격려해 주고, 칭찬도 아끼지 않았다.

라디오 방송 인터뷰가 필요하다 했더니, "그래. 지역은 섭외가 힘들지? 하자, 하자"라며 생방송 중간 광고 시간에 신청곡 인터뷰를 해주셨다.

상대방 이야기에 빠져들어 장단을 맞추고, 웃고, 함께 눈물도 흘리며, 손과 발, 온몸을 사용하는…… 방송 교재 같은 진행방식을 구사하는 선배다.

나도 이제 21년 차 아나운서다. 누군가에게는 대선배이다. 그런 나에게 누군가 한 통의 메일을 보내왔다.

"어떻게 하면 아나운서가 될 수 있나요?"

무엇부터 대답해야 할지 잠시 생각을 정리했다. 할 말이 무척이나 많았지만 가장 중요한 것부터 전달하고 싶었다. 이미 시중에 아나운서가 되기 위한 책들이 많이 나왔기 때문에 나는 그보다 더 근본적으로 탑재해야 할 다른 점을 말하는 게 맞겠다는 생각을 했다.

그래서 아나운서는 호기심과 배려가 필요한 직업이라는 말과 함께 이렇게 말했다.

아나운서는 준비할수록 자신감이 붙는 경우가 있고, 준비할수록 좌절감이 붙는 경우가 있어요.

일단 구체적으로 꿈을 잡아요. 구체적으로 계획을 세우면 내가 무엇을 쫓아가야 하는지 그림이 명확하게 그려지거든요! 그렇게 또렷해진 꿈을 꾸는 것! 이게 제일 중요합니다.

이제 아나운서는 폭넓은 의미의 방송인이거든요. 뉴스 앵커, 라디오 DJ, 교양과 오락 진행자, 스포츠 캐스터 등등 무엇이 되고 싶은지 범위를 좁혀 보세요. 우선 거점을 세우고 넓혀가는 것도 좋은 방법이에요.

물론 입사하면 회사에서는 다 잘하기를 원해요. 관련 프로그램 모니터와 노련한 진행자의 모습 흉내 내보기를 하면서 잘할 수 있도록 노력해야 해요. 그리고 지켜야 할 게 정말 많은 직업이 바로 아나운서입니다.

그중 가장 중요한 건, 방송 시간에 늦으면 안 된다는 겁니다. 이건 그야말로 죽음이에요. 시간 약속 지키기가 어려운 사람은 시간을 올바르고 합리적으로 쓰는 연습부터 해야 합니다. 어떻게 보면 시간과의 싸움이 되기도 하니까요.

어설프게 진행하면 안 되고, 뭐든 잘해도 본전이에요. 못하면 "아나운서가 뭐 저래?" 잘하면, "아나운서니까 당연한 일이지!"

게다가 방송사의 이미지, 얼굴, 간판 이런 표현들을 쓰는지라 모든 행동이 시청자들에게 확인! 당하는 어려운 직업이기도 합니다. 방송을 위해 개인 생활을 많이 희생하게 되는 직업이에요. 자기 관리도 평판도 철저히 관리해야 하니 함부로 행동할 수 없어요.

그러나 아이러니하게도 방송에 시간을 맞추다 보면 주변 사람들 관리에는 소홀해집니다. 결국 친구를 잃기 쉬운 직업이라고나 할까요.

이렇게 답변을 쓰고 다시 내 일에 대해서 생각하게 됐다. 방송은 늘 새롭다는 느낌으로 일하지 않으면 진작에 지쳐 떨어지는 일이다. 난 수많은 사람이 매번 나에게 초심을 일깨워 주기 때문에 긴장이 떨어질 일은 없었다.

오늘 만난 어르신에게서도 소재거리를 찾았다. 방송을 통해 전해주고 싶은 우리 주변인의 이야기가 많다. 책으로는 서술되지 않는, 그 무엇으로도 할 수 없고, 오로지 사람이라는 교과서를 통해 배울 수 있는 이야기이다. 사람은 정말 훌륭한 교재가 아닐까 싶다.

아나운서는 사람 사이에서 이야기를 들으면서 공부해야 한다. 듣는 것, 묻는 것이 잘되어야 방송에서 좋은 점수를 얻을 수 있다. 그리고 그 가운데에서 선행되어야 할 것은 바로 공감이다.

나의 고마운 아나운서 스승 이금희 선배에게 이 자리를 빌려 편지를 쓴다.

TO. 나의 아나운서 첫 스승 이금희 선배님

안녕하세요, 선배님. 김태은입니다.

입사와 동시에 진행을 맡았던 〈아침마당 전북〉을 지금까지 진행하고 있습니다. 여전히 '전주의 이금희'라는 별명으로요.

〈아침마당〉 MC는 옆 진행자와의 조화를 위해 균형을 맞추는 게 필요하다 하셨지요? 공개방송이라 객석과 함께 하는 생방송이니, 사전 리허설이 중요하니까 편안한 분위기를 만드는 게 중요하다 말씀하셨죠? 그 말씀 지금까지 머릿속에 새겨놓고 있습니다.

선배님 앞에서 제가 약속한 것처럼, 촌티 안 나는 방송인 될게요. 인간미 배어있는 아나운서가 될게요. 선배님처럼 시청자와 눈물 흘리고, 공감하겠습니다.

푸근한 아나운서 이미지로 오다 보니 어느새 저도 〈아침마당 전북〉 1,000회 특집을 방송했어요. 우리 본사와 지방에서 같이 오래오래 발맞춰, 방송 기네스 도전해요. 뼛속까지 방송인 〈아침마당〉 진행자들로요!

내 첫 스승, 배우고 싶은 스승 이금희 선배님.

늘 배우겠습니다. 고맙습니다.

갑갑녀 말고 감각녀가 되고 싶은가요?

어느 날 후배들과 급 번개 만남이 있다는 소리에 일행을 기다리고 있었다. 나는 이들과 종종 어울렸는데, 차에 올라탄 나에게 후배가 여대생 한 명을 소개해주었다. 학교에서 방송반을 하면서 아나운서를 지망하는 친구로 잠시 방송국에서 교육받는 중이라고 했다. 소개 후 우리는 부담 없이 편한 대화를 이어갔다.

그 학생은 방송하는 아나운서가 부럽다며 지금은 방송반이지만 나중에는 반드시 아나운서를 하고 싶다고 힘차게 말했다.

나의 옛날이 떠올랐다. 아나운서인 나보다 말도 예쁘게 하고, 바른 자세와 자기 미래의 꿈을 분명히 이야기할 수 있는 자신감이 무척 마음에 들었다.

우리는 모악산 근처에서 닭백숙을 먹으며 깔깔댔다. 아나운서의 신비감을 깨는 나의 수다스러움에 참 아나운서답지 않은 아나운서를 만났다는 느낌을 받았을 수도 있겠다.

그러나 아나운서라 해도 웃기고 싶을 때가 있다. 적어도 나는 그렇다. 다른 사람의 개인기를 볼 때나 내가 개인기 발휘할 때가 제일 재미있는 순간이다.

그날 그 학생과 아나운서에 대한 이런저런 이야기를 나누면서, 다시한 번 초심을 다지게 됐다. 그러면서 미래의 아나운서가 나아가야 할 길을 다듬어 보았다. 연기자 같은 아나운서? 변신이 자유자재인 유쾌발랄한 아나운서? 재능이 많다면 그것은 재산이 된다.

조언도 아끼지 않았다. 감정을 실어 글을 읽으며 수시로 인터뷰 연습도 해야 한다. 많이 보고, 듣고, 만나고, 나누고, 느끼고, 말하고. 우리 직업은 그래야 한다고 강한 어조로 말했다. 그렇게 우리는 재미있게 어울리고 헤어졌다.

그리고 몇 년 후 나는 그녀를 TV에서 볼 수 있었다! 아이 깜짝이야!

언니가 탤런트, 동생은 아나운서 뉴스 앵커로 발탁되었다는 기사를 보고 어렴풋이 기억해 냈다. 얌전했던 아나운서 지망생 여학생은 바로 지금의 아나운서 박혜진이다.

그녀는 내가 이야기해줬던 미래 아나운서상과는 조금 다른(?) 반듯한 아나운서가 되었다. 저렇게 잘하는 후배 앞에서 나는 도대체 무슨 도움을 줬단 말인가! 아무튼 고향 후배의 아나운서 발탁 소식은 물개 박수로 축하할 만한 일이었다.

방송을 이제 막 시작하는 아나운서, 아나운서를 희망하는 사람들에게 약간의 조언을 하고 싶다. 나도 이제 21년 차인데 그 정도 도움을 줘야 하지 않을까 싶다.

☑ 방송을 통해 만난 선배들의 분위기 습성을 종종 따라해 보는 시간을 갖자. 반드시 장점을 잡을 기회가 오기 마련이다.

☑ 적극적으로 메모해 두는 습관을 들여 정보 수집을 한다면 자신감을 키우는 데에 도움이 된다. 정보가 필요할 때 손쉽게 정리된 메모장에서 찾을 수 있기 때문이다. 메모하고 익히면 자신감은 커진다.

☑ 어학능력 배양은 방송인에게는 언제 어디서건 꼭 필수다. 활용할 곳이 없을 듯해도 꼭 생긴다.

☑ 여성으로서는 비주얼 시대에 적극 대처를 하기 위해 비용을 들여서라도 자신의 이미지에 맞는 메이크업, 스타일 방식을 공부하는 것도 좋다. 이미지만 잘 가꾸어도 절반은 성공이다!

☑ 표정 연습도 당연히 해야 할 일 중 하나다. 대중을 상대로 하는 직업이거니와, 정보 전달에는 얼굴 근육도 쓰기 때문에 환한 표정 연습은 필수다.

☑ 면접 시에는 구태의연한 뻔한 대답을 피하고, 상식에 어긋나지 않는 선에서 감각적인 답변을 준비할 필요가 있다. 엔터테이너 스타일로 무장하는 것도 OK. 나에게 무궁한 가능성이 있다는 걸 드러내야 한다.

오늘부터 아나테이너

단아하고 지적이고 깨끗한 이미지. 일종의 아나운서 공식 이미지이다. 이런 외적 이미지와 더불어 바른말과 표준어를 구사해야 하는 투철한 윤리 의식이 필요한 직업이다.

이미지에 따라 보이는 힘이 달라지기에 무척 중요한 요소라 할 수 있고, 정확한 정보 전달을 위해 사투리, 비어, 속어, 은어, 인터넷어, 북한말까지도 알고 있어야 한다. 결국 이미지와 언어 능력을 두루 갖춰야 하는 만능인 영역이다.

아나테이너. 이것은 지역 아나운서의 모습에서 확인할 수 있는 현상이 된 지 오래다. 지역 방송은 아나운서의 멀티 플레이어 면모가 드러나는 장이 된다.

많은 지역 아나운서들이 제작, 진행, 특집 라디오 취재 업무 등을 담당하면서 아나운서의 영역 확대에 노력하고 공을 들이고 있다. 실제로 많은 일을 하면서 역량을 발휘하고, 실력까지 인정을 받고 있다.

나처럼 방송을 천직으로 알고 방송을 통해 에너지를 찾는 사람에게 지방은 여러 가지 방송을 해볼 수 있는 최고의 그라운드다. 그러니 다재다능한 방송인의 모습을 꿈꾼다면 지역 방송국을 노려보는 것도 좋다.

아나운서가 되었다고 해서 끝난 게 아니다. 공부란 아나운서에게 끊임없이 필요한 운명 같은 것이다. 많이 공부하고, 앞서서 생각하고, 많은 사람의 입장과 시각을 분석하고 대신해주는 역할을 하려면 당연히 공부가 필요하다.

게다가 여론을 이끌어가면서 편파적인 생각이 들어가지 않고, 기획의도에 맞는 결과물을 만들어 내야 하니 숙련된 기술도 갖춰야 한다.

결국 이 모든 것을 해내는 아나운서는 방송의 제조 · 유통 · 서비스를 담당한다고 생각하면 된다. 뉴스 진행자, 프로그램 사회, DJ, 다큐멘터리 해설자, 토론 진행자, 스포츠 해설자, 예능, 드라마와 FM 방송 기획, 구성 프로듀서 역할까지 보폭을 넓혀가고 있을 만큼 여러 분야에서 두루 활약하고 있다.

그러나 각 프로그램 별로 다른 색깔을 낼 줄 알아야 하고, 중용적 사고를 유지하면서 편협하지 않도록 힘써야 한다. 여기에 비판적 시각도 함께 겸비해 아닌 것은 아니라고 반대할 줄도 알아야 한다. 따뜻한 마음으로 다가가는 인간미는 물론, 모든 방송을 빛낼 수 있는 빛깔을 가져야 하는 그것이 바로 아나운서라는 직업이다 아나운서는 이미지로 평가되는 대표적인 직업이다. 평범하게 보지 않는 직업이다 보니 긴장의 벨트를 꽉 매고 있어야 한다. 놀이공원 안전바를 붙잡는 것처럼 정신 바짝 차려야 할 정도다. 집중이 무너지고 흐트러지면 방송이 흐려지기 때문이다. 녹화 방송 보다 생방송의 집중도가 더 높은 것도 그런 이유 중의 하나다.

그렇기에 누구보다 외로울 수 있다. 같이 가는 감정의 동반자는 긴장감이 유일하다. 예전 아나운서가 캔디 주제가처럼 화면에서만큼은 외로워도 슬퍼도 나는 안 울어 했다면, 이제는 남들이 울면 같이 울어 줄 줄 아는 감정 표현도 가능한 공감인이 되었다.

예전, 품위 유지와 사회적 위상을 중요시했던 아나운서 이미지가 요즘은 사람들에게 친근하게 다가가는 이미지로 탈바꿈하고 있다. 그리고 그런 아나운서들이 인기 아나운서로 올라서고 있기도 하다. 울고 웃는 감정은 솔직해야 한다. 그것이 인간미도 드러내고 공감도 사는 방법이다.

아나운서는 규칙적인 근무 외에도 불규칙한 추가 업무가 종종 서비스로 주어진다. 정해진 틀이라는 게 없다고 할까? 그러다 보니 새벽부터 움직여야 할 때도 있고 밤늦게까지 일을 하는 경우도 있다.

머피의 법칙이 어김없이 적용되는 곳 중 하나는 방송계일 것이다. 방송계에서는 일이 몰리면 쭈욱 몰려 강한 체력이 아니면 버티기 힘들다. 체력이 국력이 아니라 방송력이랄까?

대중 앞이나 카메라 앞에서 생방송을 하는 아나운서들의 공통 자질은 '끼'이다! 범상치 않은 끼로 두근 반, 세근 반하는 긴장의 자리에 매일 선다.

전문직들의 이야기를 들어보면 차라리 본인들의 본업을 하지, 방송은 하기 힘들다고 토로할 정도다.

보통 이상의 끼로 뭉친 아나운서들은 요즘 슬금슬금 그 끼를 발휘할 수 있는 무대로 진출하고 있다. 연기, 강의, 책 집필 등 아나운서들의 교육이나 예술로의 진출이 활발하다. 어찌 보면 방송과 예술 무대, 방송과 교육 무대가 하나로 연결되어 있다는 느낌이 들 정도다.

나 역시 드라마에 총 1분 30초의 깜짝 출연 기회를 가졌었다. 30초의 대사를 위해 4시간을 기다리는 수고로움을 통해 다른 직업에 대한 이해도도 높일 수 있었고, 이 잠깐의 외도는 내 일의 몰입도를 증대시키는 역할을 톡톡히 해주었다.

왜들 그렇게 다양한 분야로 진출을 꾀하냐고 묻는다면 그 넘치는 끼를 나누기 위해서라고 답할 거다.

연극, 영화, 음악, 요리, 육아교재 등에서 맹활약할 아나운서들의 모습은 아직 끝나지 않았다. To be continue!

내일도 아나듀사

〈프로듀사〉라는 드라마가 인기리에 방영된 적이 있었다. 나는 이 말에 비유해서 아나듀사라는 말을 쓴다. 요즘 아나운서에 대해 설명하기에 이만큼 맞는 말이 없다.

직업적인 설명이나, 아이들을 상대로 강의할 때, 연예인 이야기로 시작을 하면 집중도가 상승하게 되는데 이때 아나듀사라는 말을 쓴다.

아나운서 모습이 달라지고 있다. 대중이 갖고 있는 아나운서의 이미지는 '뉴스 진행 하는 사람'이라는 생각이 대부분이다. 요즘의 아나운서들은 아나운서와 엔터테이너를 접목한 아나테이너라는 말과도 잘 어울리지만, 지역 아나운서는 진행과 연출을 함께 하는 아나듀사라고 불러도 손색이 없다.

나는 벌써 21년 차 아나운서다. 방송 생명을 연장하는 비결이 바로 아나듀사다.

뉴스 앵커로서 역할을 할 때, 아나운서는 30분 전에 보도국 들어가서 20분 전에 스튜디오에 안착, 곧바로 큐시트 순서 맞춰보기, 뉴스 원고와 자료화면 전 제작진 맞춰보기, 중요뉴스 리허설 등 복잡한, 그러나 뉴스에 중점을 맞춘 준비를 한다.

뉴스도 순발력이다. 이어폰을 통해서 긴급 속보 끼어들기 요청을 받을 때는 눈치껏 당황하지 않고, 태연하게 자연스러움을 유지해야 한다. 속은 덜덜 떨릴지언정 결코 표시 나지 않게 말이다.

그리고 라디오 DJ + PD 역할까지 도맡은 아나운서는 연출, 기획, 아이디어 구성, 원고 점검, 편집 등 아주 많은 것을 해낸다. 라디오라면 음악 선곡과 진행도 해내야 한다.

화려해 보이는 듯하지만 물 아래로 발을 힘차게 휘젓는 백조처럼 아나운서들의 체력은 태릉선수촌 선수들 못지않게 자기 훈련과 자기 관리가 철저하다.

그러면서도 회사의 얼굴이라는 이미지 때문에 머리부터 발끝까지 면밀히 스캔하는 시청자들을 위해서 외모 관리까지 게을리하지 않는다.

음식점에서 밥 먹고 나올 때도 치아가 깨끗하게 정리되었는지를 살피고, 스타킹 올이 나가지는 않았는지, 가르마가 벌어져 뒷머리가 비어 보이지는 않는지, 치맛단과 바짓단은 깔끔한지, 손톱 밑은 청결한지, 셔츠 목덜미가 더러워져 있는 것은 아닌지까지 꼼꼼하게 점검한 후에 대중 앞에 서야 한다. 참으로 긴장을 압박처럼 주는 직업이다!

나는 지역에 있다 보니 연예인들과 접하는 기회도 많지 않고 방송으로 초대해서 만나기도 쉽지 않은 터라 찾아가는 인터뷰를 진행하고 있다.

지금은 안테나를 많이 내렸지만 예전에는 연예인들이 전북을 찾는다고 하면 장소, 시간, 대상자를 골라가며 찾아가서 만나는 취재를 했다. 오기만을 기다리다가는 방송의 기회를 놓치기에 십상이니 내가 찾아가는 방송을 만들었다.

아마 이웃 돕기 행사였던 것 같다. 가수 유희열과 방송인 박경림을 만나기 위해 공연장 뒤를 찾아갔다. 나는 그들의 친절함과 유머에 반했고 솔직함에 또 한 번 반했다.

가수 유희열은 유쾌한 개그맨 같은 느낌이었다. 가수로서 음악적인 이야기를 나누다가 특종 아닌 특종을 잡았는데, 그건 바로 자신의 첫사랑이 전주 여자라는 것. 그래서인지 그에게는 전주 이미지가 좋고 참 설레는 곳이라고 했다.

방송인 박경림은 사전 약속 없이 분장실에서 덤으로 만난 경우였는데도 어찌나 친근하고 성실하게 인터뷰를 해주던지 아직도 생각하면 고맙다. 본인의 별명이 진공청소기라는데 이유는 한번 보면 후욱 빨려든다나? 역시 입담이 최고였다.

사람을 만나는 일은 내게 공부가 된다. 그들을 통해 공인으로서 어떤 모습으로 만나야 하는지를 배울 수 있는 학습의 기회가 되니 말이다.

나는 책상에 앉아 책보고 공부하지 말라는 계율이 좋다. 책상 바깥에 자연스러움이 있다. 방송 공부 교재는 방송이고 사람이 되어야 한다. '많이 보고 듣고 나누고 느끼고 말하는 방법' 나는 그렇게 하고 있다.

KBS에는 역사 깊은 프로그램과 그 프로그램을 오랫동안 맡은 진행자가 있다. 〈전국 노래자랑〉 송해, 〈아침마당〉 이금희, 〈가요무대〉 김동건이 대표적이다.

이름이 곧 프로그램 되는 진행자들이다. 치열한 방송 환경, 변화무쌍한 프로그램들 속에서 이렇게 오랫동안 살아남기란 쉽지 않다. 방송 인생 21년 차인 나 역시 아나운서계의 송해라 할 만큼 오랫동안 프로그램을 진행하고 있다.

〈뉴스광장〉 20년, 〈아침마당 전북〉 16년, 〈김태은의 가요뱅크〉 15년. 나 또한 방송인으로서 원로라고 지칭해도 과언이 아니다.

일찍 준비하는 빠른 스탠바이, 긍정의 마음, 방송할 때마다 매일 새로운 택배 받는 느낌으로 임했기에 장수 진행자가 된 게 아닐까?

후배들이 인터뷰 와서 "선배님 저희에게 해주고 싶은 말이 뭐예요?" 라고 묻기에 내가 해준 말이 있다.

인생은 연극이야. 지금은 1막을 준비하고 있지만 뒤에 2막, 3막이 또 있어. 연극무대를 준비할 땐, 1막에 치우친 준비가 아닌 전체를 준비하는 게 중요하다고 생각해. 이렇게 인생을 연극이라고 생각하면 마음이 편해져. 사는 동안 이별 장면도 만나고 사랑 장면도 만나는 1막의 절망이 있었다면, 2막은 분명 전환점이 있을 것이고, 3막이 불행으로 마무리 된다 해도, 4막을 반전의 인생무대로 만들면 되는 거야. 나도 방송하면서 늘 그랬어. 나에게 맞지 않는 방송을 마주치더라도 나는 지금 연극공연 중이다, 지켜보는 관객과 무대 조명들이 있다. 그런 생각으로, 그리고 내가 맡은 인생 역의 분량을 소화해 내리라는 마음으로 방송에 임했어. 혼합체, 복합체 역할을 하는 방송인이 되자. 나 또한 그간 맡은 역이 공주인 듯해도, 무수리도 삼월이 역도 다 했어. 내가 맡은 일에는 무조건 집중을 해야 해.

나의 목소리가 들리나요

사람들이 이런저런 이유로 마이크 앞에 서면 가장 먼저 주문하는 말이 있다.

"알아서 편집해주세요. 틀리면 안 되죠?"

"편집해주나요?"

이런 말을 들을 때, 나는 이렇게 대답한다.

"네, 그렇습니다. 익숙하지 않은 마이크 앞에서 이야기하는 게 어디 쉽나요? 편하게 나올 수 있도록 편집합니다. 하고 싶은 말 충분히 해주세요!"

그렇게 마이크가 켜지면 사람들은 어렵사리 입을 연다.

"저, 아아, 그러니깐 음, 제 생각은요…… 제가 생각할 때는요."

전라북도 사람들만의 말 특징이 있다. 지역력이라고도 부르는데, 그 것은 지역민의 사투리, 음색적 특징을 말한다. 전반적으로 우리 지역 사람들은 말끝을 길게 빼고, 목소리가 처지는 느낌이다.

지역 학생들에게 강의할 때 내가 특별히 강조하는 말이 있다. 말꼬리는 자르고, 목소리를 올려 당당하게 하라는 것이다.

휴대전화 녹음 기능을 활용해서 본인 목소리 녹음 듣는 것도 좋은 교정법이다. 본인 목소리를 듣기가 불편하기도 하겠지만 분명 해봐야 알게 되는 일이기도 하다. 남들에게 내 목소리가 어떻게 들리는지, 정확한 발음을 하고 있는지에 대한 체크를 분명하게 할 수 있다.

이렇게 어색한 시간이 지나고 나면 본인 목소리의 잘못된 부분이 들리기 시작한다. 톤이 낮다든가, 발음이 꼬인다든가, 쓸데없이 감탄사를 연발한다든가 등등 사람마다 말하기 버릇이 하나씩은 존재한다.

나의 단점을 확연히 알게 되면 좋은 쪽으로 훈련할 수 있어진다. 그렇기에 나의 목소리를 녹음해서 들어보는 게 중요한 일이 된다.

아나운서 목소리는 타고나야 한다? 물론이다. 그 영향이 왜 없겠는가. 하지만 연습과 훈련을 통해서도 변성이 가능하다.

예쁜 목소리가 좋은 목소리일까? 맞는 말이다. 하지만 그렇다고 해서 모든 방송에 필요한 목소리가 예쁜 목소리이지만은 않다.

방송에는 편안한 목소리, 신뢰감 있는 목소리에 예쁜 목소리를 양념하는 게 더없이 좋은 목소리다.

아침 방송을 진행하는 사람들은 낮고 굵은 목소리보다는 밝은 목소리가 좋겠고, 뉴스 목소리는 가늘고 예쁜 목소리보다는 신뢰성 있는 목소리가 중요하다. 여자 DJ 목소리는 청취자의 기대치가 있으니 예쁘고 자연스럽게 발성하는 게 좋다. 여기에 재미있는 진행 스타일이 더해진다면 인기가…….

요즘은 개성 있는 목소리를 가진 진행자들이 많다. 컬투, 변정수, 박경림, 유영석, 주병진, 이석주 등 개성 있는 진행자들이 많으니 아나운서는 꼭 예쁜 목소리라는 공식을 세우지 않길 바란다.

결국 시청자들이 원하는 건 *건강한* 목소리라는 것을 깨닫게 될 테니 말이다.

\<에필로그\>

내 일상에 너 있다.

너는 내 아침 식사의 가장 맛있는 반찬이고

점심 식사 후의 달콤한 디저트이고

나의 저녁 식사 상큼한 과일 한 조각이다.

너는 날씨 좋은 날 운전할 때 듣는 \<MOVES LIKE JAGGER\>이고

날씨 궂은 날 운전할 때 듣는 \<서쪽 하늘\>이다.

너는 코미디 영화에서 명랑하고 엉뚱한 모습으로 나를 웃게 하고

슬픈 영화에서는 가련하고 여린 모습으로 나를 울린다.

오늘도 나는 하루를 산다.

오늘도 나는 방송에 산다.

사람들은 인생을 드라마 같다고 말한다. 같은 배우라도 어떤 배역을 맡느냐에 따라 시청자들에게 질타를 받고 연민을 느끼게 하며, 응원을 받는다.

아나운서라는 역할을 넘어 아나듀사, 아나테이너라는 배역을 통해 스스로에게 격려와 용기, 칭찬의 시간을 만들 수 있었다. 내가 맡은 배역에서 많은 사람을 만날 수 있었고, 그들에게 편하게 다가갈 수 있음에 늘 감사하다.

주변에서는 그렇게 정신없이 일하면서 어떻게 책까지 썼냐고 묻는다. 비록 시간이 걸리긴 했지만 소박한 내 뜻이 드디어 이루어지는 순간이다. 앞으로 이 책을 통해 더 많은 분에게 친근하게 다가갈 수 있을 거라는 기대가 생긴다.

시청자보다 한 걸음 앞서 하루의 문을 열어온 지 21년이라는 시간이 흘렀다. 스스로도 놀랄 만큼 내 일이 감사하고 즐겁다. 어릴 적부터 하루도 꿈꾸지 않은 날이 없던 아나운서라는 자리이기 때문이다.

다시금 나에게 방송이 어떤 의미일까 생각해 본다.

아마 신나게 뛰어놀 수 있는 놀이터가 아닐까? 내가 요리도 하고 감독도 하는 하나의 무대 같은 공간이다. 내가 주도해서 이끌어 가는 곳이라 생각하고, 시청취자에게 효자손처럼, 때로는 충전기, 막힌 가슴 뻥 뚫어줄 소화제 역할을 하기 위해 노력했는데, 시청취자들은 어떻게 느껐을까 싶다.

　똑똑한 자, 열심인 자를 못 따라가고, 열심인 자, 즐기는 자를 못 따라간다.
　나 역시 그렇다.
　뉴스가 몰아서 배정되는 날에는 내가 부족하니 더 연습하라는 의미라 생각하고, 녹음이 많아지면 음악 많이 듣고 힐링하라는 뜻으로 생각한다. 녹화 시간이 길어지면 더 많은 이야기를 듣는 연습을 한다고 생각하며, 모든 일을 긍정적으로 생각했다. 그렇게 생각하면 힘들 게 전혀 없다.

　방송은 나의 숨결이다. 늘 단정한 얼굴로 카메라 앞에 서지만 'ON AIR' 불빛이 꺼지면 남모르게 한숨을 쉴 때도 있고, 가슴을 쓸어내리기도 한다.
　내 의도와 다른 이유로 비난을 받을 때도 있지만, 그때도 똑같이 숨을 크게 쉰다. 어떤 반응이건 꿀떡 삼켜버린다. 어차피 다시 배출되니 말이다. 힘들 때마다 나를 생생하게 살아 움직이게 하는 존재, 방송은 나의 들숨과 날숨이다.
　방송인은 직업 특성상 언제 터질지 모를 방송 사고의 긴장감을 안고 살아간다. 특히 아나운서는 그 안에서 가장 늦게까지 긴장을 들켜선 안 되는 존재이다. 첫째도 신뢰, 둘째도 신뢰가 생명인 사람들이 바로 여러분이 뉴스와 오락 프로그램 등에서 만나는 아나운서이다. 이 지면을 빌려 방송 동료들 그리고 선후배 모두에게 뜨거운 박수를 보내고 싶다.

찬바람 속 체온 가득 찬 코트 같은 따스한, 한숨 늘어지게 자고 싶은 침대 같은 편안한, 안 보이면 궁금하고, 또 만나고 싶은 유쾌한 아나운서로 기억되고 싶다는 바람을 지키기 위해 나는 오늘도 무한 긍정 에너지를 장착하고 하루를 연다.

아침마다 승리의 브이자를 그리면서 출근길을 응원해주시는 아빠, 일복도 복이라며 소리 없이 건강 간식을 챙겨주시는 엄마, 한없이 나를 믿어주는 남편, 바쁜 엄마를 투정 없이 기다려 주는 딸, 모두에게 사랑한다고 전하고 싶다.

나 김태은을 사랑해 주는 우리 시청취자 여러분 또한 사랑한다.

누군가와의 소중한 만남과 정을 끊임없이 나누면서 사는 이 직업을, 나는 사랑한다!

지금까지 KBS 김태은이었습니다.

김태은의 방송활동

20년째 진행 중인 〈뉴스 광장〉 앵커석에서

KBS 1TV 〈먹고사는 이야기 쇼 경제 가마솥〉 녹화 후 찰칵

〈완주 와일드 푸드축제〉 폐막식 공연 진행

15년째 진행하고 있는 라디오
〈김태은의 가요뱅크〉 준비 중에

본사 KBS 1TV 〈낭독의 발견〉 DJ 특집. 김기덕, 이숙영, 유영석과 라디오 스타 출연

〈아침마당 전북〉 900회 특집, 본사 아나운서 윤인구, 이상협, 고민정, 김성은과 함께